U0534090

Between the Acts

吴尔夫
作品集

幕间

［英］弗吉尼亚·吴尔夫 著
谷启楠 译

人民文学出版社

Virginia Woolf
BETWEEN THE ACTS
根据 Mariner Books 1st edition 1970 年版译出

图书在版编目（CIP）数据

幕间/（英）弗吉尼亚·吴尔夫著；谷启楠译. —北京：人民文学出版社，2022
（吴尔夫作品集）
ISBN 978-7-02-014787-8

Ⅰ.①幕… Ⅱ.①弗…②谷… Ⅲ.①长篇小说—英国—现代 Ⅳ.①I561.45

中国版本图书馆 CIP 数据核字（2018）第 283926 号

责任编辑	马爱农
装帧设计	李思安
责任印制	王重艺

出版发行　人民文学出版社
社　　址　北京市朝内大街 166 号
邮政编码　100705

印　　刷　河北鹏润印刷有限公司
经　　销　全国新华书店等

字　　数　125 千字
开　　本　880 毫米×1230 毫米　1/32
印　　张　5.75　插页 3
印　　数　1—3000
版　　次　2003 年 4 月北京第 1 版
印　　次　2022 年 1 月第 1 次印刷

书　　号　978-7-02-014787-8
定　　价　56.00 元

如有印装质量问题，请与本社图书销售中心调换。电话：010-65233595

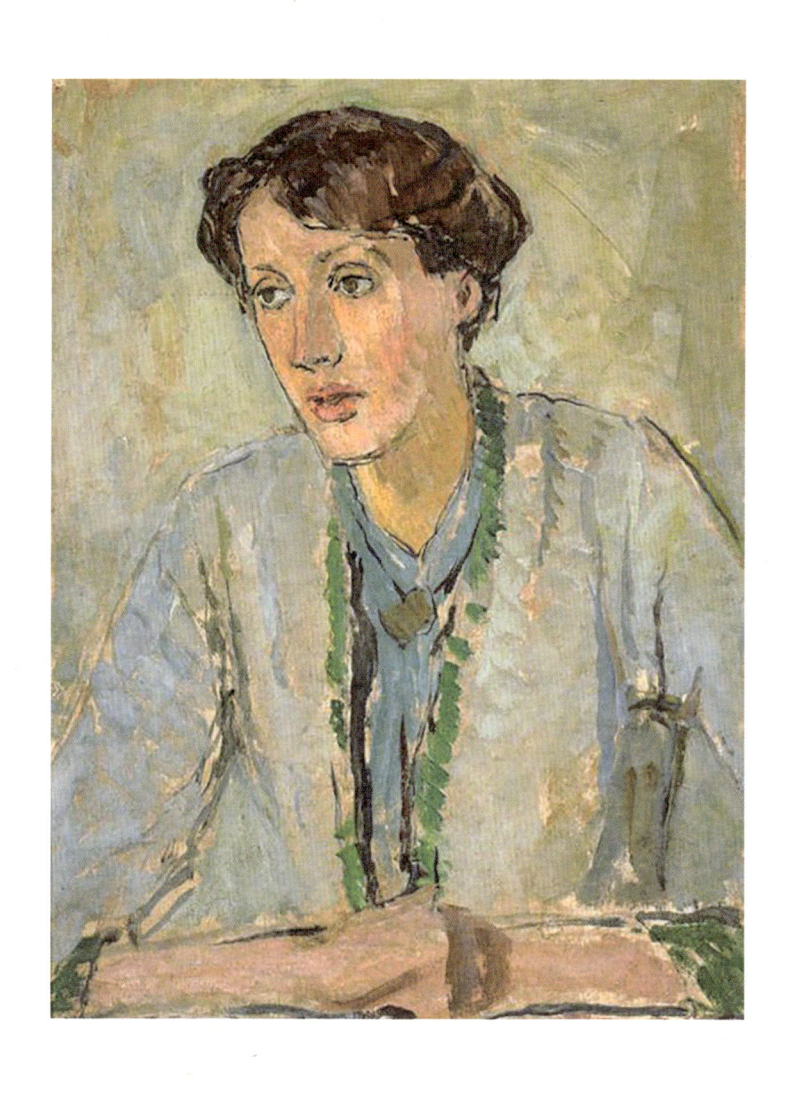

弗吉尼亚·吴尔夫肖像（1912年）

凡妮莎·贝尔 绘

> 吴尔夫
> 作品集

远航　*The Voyage Out*

夜与日　*Night and Day*

雅各的房间　*Jacob's Room*

达洛维太太　*Mrs. Dalloway*

到灯塔去　*To the Lighthouse*

奥兰多　*Orlando: A Biography*

海浪　*The Waves*

岁月　*The Years*

幕间　*Between the Acts*

一间自己的房间　*A Room of One's Own*

普通读者 I　*The Common Reader: First Series*

普通读者 II　*The Common Reader: Second Series*

前　言

《幕间》是英国女作家弗吉尼亚·吴尔夫的绝笔之作。她于一九三八年四月开始构思这部长篇小说（原定名为《波因茨宅》），一九四一年二月二十六日完成手稿，但她对此并不满意。她在给出版商约翰·列曼的信中说，这部小说"太不足道，太粗浅"，"太愚蠢，太琐碎"，[①]不能出版。她本来是准备认真修改书稿的，但还没来得及做，便于三月二十八日投水身亡了。《幕间》于一九四一年七月正式出版。

要理解《幕间》，首先必须了解其创作背景。弗吉尼亚·吴尔夫在创作此书期间，看到了第二次世界大战的开始和逐步升级的过程，包括慕尼黑危机、英法对德宣战、巴黎沦陷、英国战役、德军空袭伦敦等。她曾亲眼见到德军战机飞过苏塞克斯郡田野上空去轰炸伦敦。她自己在伦敦的两处房子都被炸成了废墟。她认识到人类文明可能毁灭，意识到自己一生钟爱的生活方式将会消失，因此心中充满忧虑和痛苦，同时也对历史和现实进行了深入的思考。

[①] 转引自马克·胡塞《弗吉尼亚·吴尔夫A至Z》：档案事实有限公司，1995年版第27页。

另外,战争使吴尔夫联想到死亡。她经常想起在西班牙内战中阵亡的外甥朱利安·贝尔,以及其他过世的亲人,包括她的哥哥、母亲和同母异父的姐姐;她也常联想起自己幼年时遭受同母异父的哥哥性侵犯的情景。她意识到,人们有一种"集体意识",各人的历史中都有一种"共同的成分"。[①] 这又促使她对人生进行深刻的思考。

此外,吴尔夫在一九四一年还着手写作一部评论英国文学史的专著,只完成了第一章及第二章的一部分。她对于艺术与生活、艺术家与观众之间关系的思考也渗透到了小说《幕间》之中。

《幕间》讲述的是一九三九年六月的一天发生在英格兰中部一个有五百多年历史的村庄里的故事,展现了乡村生活的画卷。作者使用复调小说的方法,设置了两条叙事线索,一条主要叙述乡绅巴塞罗缪·奥利弗一家的故事,另一条叙述拉特鲁布女士指导村民演出露天历史剧的故事。这两条线索时而平行,时而交叉,构成了错综复杂的图景。作者用这种方法把过去与现在、历史与现实、艺术与人生、舞台戏剧与人生戏剧巧妙地结合在一起。

通过奥利弗一家及其邻里的故事,我们了解到英国乡村中产阶级的生活状况和他们的喜怒哀乐。老年人充满怀旧情绪,留恋过去的生活和古老的传统;中年人不满意自己的婚姻,渴求真正的爱情;许多人对德国入侵的危险忧心忡忡。轰鸣而过的战机与美丽的田园风光形成了鲜明的对照。村里人的生活看似

[①] 转引自马克·胡塞《弗吉尼亚·吴尔夫 A 至 Z》:档案事实有限公司,1995年版第 28 页。

恬静平和，实际上却充满矛盾和缺憾。人与人之间缺乏理解，日渐疏离。例如，伊莎贝拉与丈夫关系不好，暗恋一位乡绅农场主又不可能有结果，她的艺术才华也得不到别人的理解，因而感到困惑和痛苦。除了现代人的疏离这一主题外，小说还密切关注人类的暴力倾向和人类文明的倒退趋势。小说中描写了贾尔斯·奥利弗把一条蛇及其口中的癞蛤蟆踩得稀烂。这一情节在世界大战即将爆发的背景下具有多重寓意，既象征以暴力制服弱肉强食，又暗喻人类也有使用暴力的野蛮倾向。作者似乎在向我们发出警告：人类已从大自然的保护者沦为破坏者，人类文明正在倒退。

另一方面，通过拉特鲁布女士指导村民演出露天历史剧的故事，我们看到这位艺术家对英国历史的回顾和对英国文学史的批判性介绍，也了解到她在艺术上力图创新的观点以及失败的苦恼。在节庆活动中表演露天历史剧是英国民间的传统，在二十世纪三十年代仍很流行。拉特鲁布女士编导的露天历史剧采用了戏谑性模仿的手法，并综合使用了话剧、哑剧、音乐、舞蹈等多种艺术形式。全剧包括表现古英语时代的序幕、中世纪的歌曲、表现伊丽莎白一世的塑像剧、后莎士比亚时代的一个话剧中的一场、表现"理性时代"的塑像剧、王政复辟时期的话剧、表现维多利亚时代的戏剧（包括序幕和活报剧）、表现"现在"的场景以及结束语。这部露天历史剧有狂欢化的特色，充满幽默、调侃和讽刺，颇具颠覆性，其中不乏对历史的思考和对现实的感悟。它一方面暴露人性，针砭时弊，揭示现实世界的支离破碎和现代人的疏离倾向，另一方面也显示了善终将战胜恶的真理，歌颂了青春和爱情的胜利，给忧虑和绝望的气氛增添了些许乐观情绪。

拉特鲁布女士这个人物十分引人注目。她是一个有独创精神的艺术家,也是一个失意的艺术家。她有社会责任感,以帮助人们认识历史和现实为己任。她在编导这部露天历史剧时试验了许多新的表现方法。最突出的是,她在剧中大胆使用多种艺术形式和手法;她安排了一次较长的幕间休息,以便让观众感受"现在";她让许多演员用镜子照观众,以帮助观众认识自己。然而,她独具匠心的艺术并没有得到观众的理解和认可,甚至遭到了抵制。她认为这是自己最大的失败,甚至等于死亡。拉特鲁布女士的形象自然使人联想到弗吉尼亚·吴尔夫本人。吴尔夫一生特立独行,在艺术上不懈地探索,提出了许多新的创作思想,试验了许多新的创作方法,也取得了很大的成功。然而她一贯追求完美,对自己的后期作品并不满意,她曾在一九四〇年六月九日的日记里说:"我突然想,我有一种奇特的感觉,那就是,从事写作的'我'已经消失了。没有观众。没有反响。这就是一个人的部分死亡。"[①]从拉特鲁布女士身上我们分明看到了吴尔夫的影子。

此外,《幕间》这一标题也有深刻的寓意。从字面上讲,它指露天历史剧的幕间休息;从比喻意义上讲,它可以指两次世界大战的间隙,也可以指舞台戏剧与人生戏剧的交替。舞台戏剧落幕了,人生戏剧仍在上演;你方唱罢,我方登场,永无止息。

弗吉尼亚·吴尔夫写《幕间》时,艺术技巧已发展到了炉火纯青的程度。她在先前几部小说里使用过的各种技巧和手段几乎全在《幕间》里得到了体现。为了塑造人物性格,她采取了人

[①] 转引自马克·胡塞《弗吉尼亚·吴尔夫 A 至 Z》:档案事实有限公司,1995年版第 27 页。

物对话和内心独白并用的方法,从多元视角展现多个人物的内心世界。她的幽默和讽刺可谓信手拈来,随处可见。她的象征十分奇特,寓意深刻。她对语音修辞手段的运用更是纯熟,头韵、尾韵、谐音、象声词俯拾皆是。特别应该指出的是,吴尔夫在小说里使用了大量经典文学的引语和典故,对塑造人物和表现主题有重要的意义,需要仔细玩味。

总之,《幕间》是一部内涵丰富、寓意深刻的小说,与吴尔夫的其他作品相比毫不逊色,值得读者和研究者阅读和关注。

译者在翻译此书时,借鉴了"功能对等"的原则,力求最自然、最近似地再现原著的风采,特别是人物的意识流和内心独白。但遗憾的是,由于中英文在语音上差异甚大,原著中有些精彩的语言特点难以恰当表达。另外,因时间和精力所限,只对原著中的部分典故做了注释,希望读者谅解。

谷启楠

说　明

　　弗吉尼亚·吴尔夫辞世时,虽然已完成本书手稿,但尚未做付印前的最后修改。我相信,她若在世,不会对此手稿做重大的或实质性的变动,但在交付最后校样前有可能做许多细微的订正或修改。

——伦纳德·吴尔夫

本书主要人物表

巴塞罗缪·奥利弗(昵称:巴特、巴迪):曾任英国印度事务处官员,已退休。

贾尔斯·奥利弗:巴塞罗缪·奥利弗的儿子,股票经纪人。

伊莎贝拉·奥利弗(昵称:伊莎):贾尔斯·奥利弗的妻子。

露西·斯威辛太太(昵称:辛蒂、巴蒂;绰号:"老薄脆"):巴塞罗缪·奥利弗的妹妹。

拉特鲁布女士(绰号:"专横"):露天历史剧的编剧和导演。

鲁珀特·海恩斯:乡绅农场主。

海恩斯太太:鲁珀特·海恩斯的妻子。

桑兹太太:奥利弗家的厨师。

G.W.斯特里特菲尔德:教区牧师。

曼瑞萨太太:来访的客人。

威廉·道奇:来访的客人。

艾伯特:村里的傻子。

坎迪什:奥利弗家的仆人。

那是一个夏天的夜晚,他们坐在有窗户朝向花园的大房间里,谈论着污水池的事。郡政府曾答应把水引进这个村子,但至今尚未兑现。

海恩斯太太是一位乡绅农场主的妻子,她的脸酷似鹅脸,眼球突出,好像看见了路旁排水沟里有什么好吃的东西。她虚情假意地说:"夜色这么好,怎么谈起这事来了!"

随后是一片寂静;一头奶牛咳嗽了一声;于是她说,多奇怪呀,她小的时候从来没怕过奶牛,只怕过马。可是,那时候,她很小,坐在童车里,有一匹拉车的大马经过她身边,差一点碰上她的脸。她对坐在沙发上的老先生说,她的家族在里斯克德镇生活了有好几百年。教堂院子里有坟墓能证明这一点。

一只鸟在外面咕咕叫。"是夜莺吗?"海恩斯太太问。不是,夜莺不会到这么远的北方来。那是一只习惯于白天觅食的鸟,它在暗笑,因为它白天找到了那么多好吃的东西,有毛虫、蜗牛、小沙粒,它连睡觉时都在暗笑。

坐在沙发上的老人是奥利弗先生,曾是政府印度事务处的官员,现已退休。他说,如果他没听错的话,他们选定挖污水池的地点就在当年古罗马人筑的大路上。他说,你从飞机上仍然

1

看得见大地上的累累伤痕,有清楚的印记;那些伤痕有不列颠人①留下的,有古罗马人留下的,有伊丽莎白时代的庄园宅邸留下的,还有犁铧留下的,因为拿破仑战争②期间有人在这座小山上犁地种麦。

"可是你不记得……"海恩斯太太开始说。是啊,他不记得了。然而他确实还记得——他刚要告诉他们他还记得什么,外面突然传来了声音,他的儿媳妇伊莎走了进来;她梳着辫子,穿着一件晨衣,上面有褪了色的孔雀图案。她像一只天鹅,径直游了进来,受到阻止便停了下来;她惊奇地发现屋里有人,灯也都亮着。她抱歉地说,她一直陪生病的小儿子坐着。刚才他们谈什么来着?

"谈污水池的事。"奥利弗先生说。

"夜色这么好,怎么谈起这事来了!"海恩斯太太又说一遍。

关于污水池的事他都说了些什么呢?或者关于别的什么事?伊莎很想知道,她朝乡绅农场主鲁珀特·海恩斯歪了歪头。她在集市上见过他,在网球聚会上也见过他。他曾递给她一个杯子和一个网球拍——仅此而已。可是她一看见他那饱经风霜的脸就感觉一种神秘,一看见他沉默不语的样子就感觉到一种激情。她在网球聚会上就有这种感觉,在集市上也是如此。现在是第三次了,她又产生了这种感觉,尽管没有前两次强烈。

"我记得,"老人打断了她的思绪,"我的母亲……"他记得他的母亲身体壮实,常把茶叶罐锁起来;然而就是在这间屋子里

---

① 古代不列颠岛南部的凯尔特族居民。
② 发生在 1800 至 1815 年期间,以法国将军拿破仑(1769—1821)战败于滑铁卢告终。

她送给他一本拜伦①的诗集。那是六十多年前的事了,他告诉他们,他母亲就是在这间屋子里给了他一本拜伦的诗集。他停顿了片刻。

"她在美之中行走,就像夜晚。"②他背诵着拜伦的诗句。

然后又背了一句:

"于是我们不再漫步于月光下。"③

伊莎抬起头。这些词语形成了两个圆环,完整的圆环,托着他们两个人——她和海恩斯——像两只天鹅,并载着他们顺流而下。可是他雪白的胸脯上缠了一圈肮脏的浮萍;她那双像鸭蹼的脚也缠上了浮萍,是她那个当股票经纪人的丈夫干的。她坐在三角形的椅子上摇晃着身子,深色的辫子垂了下来;她的身子包裹在褪色的晨衣里面,活像一个长枕头。

海恩斯太太已经意识到他们两人之间的那种感情,它萦绕着他们,把她排除在外。她等待着,就像一个人离开教堂之前等待着管风琴的音符逐渐消逝。等到回家的时候,等到汽车往玉米田里的红别墅驶去的时候,她要在汽车上毁掉这种感情,就像鸫鸟啄掉蝴蝶的翅膀。她待了十秒钟后,站了起来,停留片刻;然后,她似乎听见最后的音符消逝了,于是向贾尔斯·奥利弗太太伸出了手。

然而伊莎仍然坐着,她本应在海恩斯太太起立时站起来的,可她仍然坐着。海恩斯太太用一双像鹅眼的眼睛瞪着她,嘴里咕哝着:"贾尔斯·奥利弗太太,请你友好一点,承认有我这么

---

① 拜伦(1788—1824),英国诗人。
② 此句出自拜伦的诗《她在美之中行走》。
③ 此句出自拜伦的诗《于是,我们不再漫步》,是全诗的第一句和最后一句的组合。

个人存在……"贾尔斯·奥利弗太太不得不响应,终于从椅子上站了起来,她穿着褪色的晨衣,辫子垂到双肩。

在初夏的晨光里,可以看见波因茨宅是一座中等大小的住宅。它绝不是旅游指南里提到的那种房子。它太普通了。然而这座有一个直角侧翼的灰顶白墙建筑物却是一个理想的居所;尽管它不幸被建在草场低处(它周边的高埠上有一排酷似流苏的树木,因此炊烟可以袅袅上升,直达树梢的秃鼻乌鸦巢),可是仍然令人向往。人们乘车路过这里的时候总会互相议论:"不知道那幢房子将来会不会进房地产市场。"他们问司机:"这儿住的是谁呀?"

司机不知道。奥利弗家族在一个多世纪以前买下了这块地产,他们和韦林家族、埃尔维家族、曼纳林家族、伯内特家族都没有亲戚关系。那几个老家族相互通婚,就连死后躺在教堂院墙底下也还是纠缠在一起,像常春藤那样盘根错节。

奥利弗家族在那里才住了一百二十多年。然而踏上波因茨宅的主楼梯(另外还有一个楼梯,仅仅是个架在房后供仆人使用的梯子),就可以看见一幅肖像画。上到半楼梯处,一角黄色锦缎显露出来;到了楼梯顶端,一张涂满脂粉的小脸、一个缀满珍珠的大头饰立即映入眼帘;这位也算个老祖宗吧。楼道里有六七间卧室,都敞着门。那位男管家以前当过兵,后来娶了一位勋爵夫人的女仆;还有,在一个玻璃橱柜里陈列着一块手表,它曾在滑铁卢战场抵挡过一颗子弹。

现在是早晨。青草上沾满露珠。教堂的大钟响了八下。斯威辛太太拉开卧室的窗帘——那褪了色的白印花布窗帘,从外面看十分悦目,绿色的衬里给窗户增添了几分绿意。她站在那里,用衰老的手摸着插销,抖动着将它拉开。她是奥利弗老先生的妹妹,是个寡妇。她总说想置办一处房产,也许是在肯辛顿区,也许是在邱区①,那她就能常去肯辛顿公园和邱园了。可是整个夏天她还是住在这里;当冬天哭泣着把潮气洒满窗玻璃,并用落叶堵塞排水沟的时候,她说:"巴特,他们当初为什么把这房子建在低处,而且还朝北呢?"她的哥哥说:"很明显,想避开大自然。要把家里的马车拉过湿泥地不是得用四匹马吗?"然后他给她讲了一个尽人皆知的故事,关于十八世纪那个令人难忘的冬季,当时这所房子被大雪封了整整一个月。而且大树都倒了。因此每年冬季来临的时候,斯威辛太太都要躲到黑斯廷斯市②去过冬。

然而现在是夏天。她已经被鸟儿吵醒了。它们唱得多欢啊!它们抢着迎接黎明,就像唱诗班的男孩子们抢着吃一块冰点心。由于鸟鸣不绝于耳,想不听也不行,她便伸手拿过一本平素最爱读的书——《世界史纲》③,从凌晨三点到五点花了两个小时思考皮卡德利④一带的杜鹃花森林;她知道,那个时候整个欧洲大陆还没有被一条海峡分隔开,还连成一片;她知道,那个时候森林里生活着许多怪物,它们长着大象的身子、海豚的脖子,喘着粗气,往前涌动,慢慢扭动身躯;她设想它们都是大声吠叫的怪物,是禽龙、猛犸象,还有乳齿象。她一面抖动着插销打开窗户一面想,我们大概就是它们的后裔吧。

---

① 肯辛顿区、邱区都在伦敦市西区。
② 黑斯廷斯市位于英格兰东南部的苏塞克斯郡,系避暑度假地。
③ 《世界史纲》由英国小说家威尔斯(1866—1946)撰写,1920 年出版。
④ 皮卡德利现在是伦敦市的一条街,并有一个皮卡德利广场。

她实际上用了五秒钟(但心里觉得时间要长得多)就把用托盘端着蓝瓷器的格雷斯本人与在原始森林里水汽蒸腾的绿色灌木丛中低声吼叫的厚皮怪物区分开来了;房门打开时,那怪物正要毁掉一整棵大树。她情不自禁地跳了起来,此时格雷斯放下托盘说:"太太,早安。"格雷斯喊她"巴蒂"的时候,她感觉自己的目光分成了两半,一半看着沼泽里的野兽,另一半看着穿印花衣裙、戴白围裙的女佣人。

　　"鸟儿唱得多欢啊!"斯威辛太太随口说。现在窗户敞开了;那些鸟儿肯定是在歌唱。一只善解人意的鸫鸟跳跳蹦蹦地穿过草坪,鸟喙之间有一团粉红色的胶状物在蠕动。看到这一情景,斯威辛太太渴望在想象中继续回忆过去,因此她停了一会儿;她喜欢让自己的想象飞进过去,或飞向未来,或侧身飞进无数走廊和小巷,从而增加这个瞬间的内涵;可是她想起了自己的母亲——她的母亲就是在这间屋里训斥她的。"露西,别张大嘴站着,要不然风就会……"多少次了,她母亲训斥她,就在这间屋里——"可是在一个迥然不同的世界里。"她的哥哥常这样提醒她。于是她坐下来吃早茶,像任何一个老夫人那样,高鼻梁,瘦面颊,戴着一只戒指,还戴着几件首饰,都是那个既穷酸又讲究的旧时代所常见的,包括她胸前那个金光闪闪的十字架。

　　早餐以后,两个保姆推着一辆童车在台地上慢慢走来走去;她们一边推车,一边聊天——既不是制造信息弹丸,也不是相互出主意,而是在嘴里搅动词语,就像用舌头搅动糖块;糖块融化成透明状时,发散出粉红色、绿色和甜味。今天早晨的甜味是:"厨师为芦笋的事把他训了一顿;她来电话的时候,我说:那件演出服配上衬衫多漂亮啊。"这些话又引出关于一个人的某些事；她们就是这样在台地上走来走去，嘴里搅动着词语的糖块，同时推着童车。

真是遗憾，波因茨宅的建造者竟然把房子建在了洼地上，其实这块位于花园和菜地后面的高地当时已经存在了。大自然本来提供了建房的场地，人们却偏要把房子建在洼地上。大自然本来提供了一片草泥地，平展绵延一英里，然后突然倾斜，伸展到睡莲池边。这块台地很宽敞，能容得下那些倒伏的大树之中任何一棵的树影。在台地上，你可以在树荫下任意走来走去，走来走去。那些树两三棵靠得很近，树团之间有一定的空间。树根穿破了草泥层；形似骨骼的树根之间长着野草，像绿色的瀑布，像绿色的软垫，草丛里开满鲜花，春天是紫罗兰，夏天是紫野兰。

艾米正讲着某个人的事，手扶童车的玛伯尔突然转过身来，词语糖块也咽了下去。"别挖草啦，"她严厉地说，"乔治，快过来。"

小男孩乔治落在她们后面，正在挖草。坐在童车里的婴儿凯洛突然把小拳头伸到了被单上，毛毛熊玩具就被碰到了车外。艾米只得弯下腰去捡。乔治还在挖草。鲜花在树根形成的角落里灿烂地开放。一层薄膜又一层薄膜被撕掉了。那朵花闪着柔和的黄光，一种从薄薄的法兰绒底下透出来的柔和光芒；它照亮了眼睛后面的眼窝。心中所有的黑暗都变成了一座充满黄色光芒的大厅，散发着树叶的气味和泥土的气息。那棵树就在那朵花的后面；那草、那花、那树是一个整体。男孩跪在地上挖着，他捧起了一朵完好的鲜花。然后，传来了一声吼叫，一股热气和一缕粗糙的灰白头发突然来到他和花朵中间。他跳了起来，吓得差点跌倒；他看见一个尖头顶、没有眼睛的可怕怪物迈步向他走

7

来,还挥舞着双臂。

"先生,早安。"一个低沉共鸣的声音对他说,那声音是从一个纸做的鸟喙后面发出来的。

那位老人已经从树后的藏身地朝他扑了过来。

"乔治,说'早安'呀,说'爷爷早安'。"玛伯尔催促着乔治,把他往老人那边推了一下。可是乔治站在那里目瞪口呆。乔治站在那里目不转睛。随后奥利弗先生把纸做的鼻子团成一团,现出了他的本来面目。老人个子很高,眼睛炯炯有神,面有皱纹,头已经秃了。他转过身来。

"跟上!"他大喊,"跟上,你这畜生!"乔治转过身,那两个抱毛毛熊的保姆也转过身;他们都转身看着阿富汗猎犬索拉伯在花丛中跑过来跳过去。

"跟上!"老人大喊,好像在指挥一个军团。在两个保姆看来,这么大年纪的老人还能大喊大叫,还能让这样的畜生听他的话,实在了不起。阿富汗猎犬回来了,悻悻地走着,很抱歉的样子。它乖乖地来到老人脚边时,老人把一条绳子套进了它的项圈;那是奥利弗老先生随时带在身边的索套。

"你这野兽……你这坏狗。"他弯腰低声骂道。乔治只是盯着那条狗。狗的后背两侧的长毛随着呼吸起起落落,鼻孔里有一滴泡沫。乔治突然大哭起来。

奥利弗老人站起身,他青筋暴涨,面颊通红;他生气了。他刚才用报纸玩的小把戏没起作用。那孩子是个哭宝宝。他点点头,慢慢地往前走,一面抚平那张揉皱了的报纸,因为他想找到专栏文章里他想接着读的那一行,他嘴里嘟囔着:"哭宝宝——哭宝宝。"可是一阵清风把那张重要的报纸向外吹去;他从报纸边缘上方眺望着眼前的风光——起伏的田野、草原和树林。如将它们收入画框,就成了一幅图画。假如他是画家,他会把画架支在这个地方,因为从这里看过去整个乡野就是一幅图画,上面还有树木构成的条纹。后来,风停了。

"爱·达拉第①,"他读着专栏中已找到的那一行,"成功地稳定了法郎币值……"

贾尔斯·奥利弗太太用梳子梳理着浓密凌乱的头发(她经过充分考虑,从来不让理发师做层发或短发);她拿起一把有清晰浮雕花纹的银质梳发刷,那是一件结婚礼物,曾给许多旅馆的客房女服务员留下过深刻的印象。她拿起梳发刷,站到一面三折镜子前面,这样她就能从三个角度看见自己有些凝重却相当漂亮的脸蛋了,还可以看见镜子外的景物:台地的一角、草坪和树冠。

在镜子里面,在她的眼睛里面,她看见了自己一夜之间对那位失意的、寡言的、浪漫的乡绅农场主所产生的感情。"恋爱"两字写在她的眼睛里。可是在镜子外面,在脸盆架上,在梳妆台上,在那些银盒子和牙刷中间,是另一种爱,是对她的丈夫、对那个股票经纪人的爱——"我孩子的爸爸。"她补充道,她在不经意间使用了小说里常用的陈词滥调。内心的爱在眼睛里,外在的爱在梳妆台上。可是当她从梳妆镜上方看见外面的童车,看见两个保姆和落在后面的儿子乔治穿过草坪走来的时候,究竟是什么样的感情搅得她心绪不安呢?

她用那把带浮雕花纹的头发刷轻轻敲了敲窗户。他们离得

---

① 达拉第(1884—1970),法国政治家,数度出任法国政府部长,曾任法国总理(1938—1940)。1938年9月同英国首相张伯伦一道与希特勒德国签订慕尼黑协定。

太远了,听不见。树木的沙沙声在他们耳边回响,还有小鸟的啁啾声;花园里发生的其他事吸引了他们的注意力,而那一切她在卧室里既听不见也看不见。他们被隔离在一个绿色的小岛上,四周是雪花莲的围篱,铺着用皱丝做的床罩;那天真无邪的小岛在她的窗子底下漂浮。只有乔治落在后面。

她的目光回到梳妆镜,看着镜子里自己的眼睛。"恋爱",她一定是在恋爱;因为昨天晚上他的身躯在大房间里出现竟能如此影响她,因为他递给她茶杯、网球拍时说的话竟如此深入她心中的隐秘之处,并留在他们两人中间,像一根铁丝,丁零,丁零,振动不停——因此她搜索着镜子深处,想找一个恰当的词来形容飞机螺旋桨无休止的飞速振动,那种景象她曾于一天拂晓时分在克罗伊登①的飞机场看见过一次。快些,快些,再快些,螺旋桨发出呼呼声,嗖嗖声,嗡嗡声,直到所有的桨叶变成了一条桨叶,飞机腾空而起,越飞越远。……

"不认识的地方,我们不去,不认识也不在意,"她小声哼着,"飞翔,冲破周围炽热的、寂静的夏日空……"

这一句的韵角是"气"。她放下梳头刷,拿起了电话。

"三、四、八,派孔伯商店。"她说。

"我是奥利弗太太……你们今天早上有什么鱼?鳕鱼?庸鲽鱼?鳎鱼?比目鱼?"

"在那里,维系我们的一切将会失去,"她喃喃地说,"要鳎鱼,切成片的。午饭要用,请按时送来,"她大声说,"带一片羽毛,一片蓝羽毛……飞升啊,穿过空气……在那里,维系我们的一切将会失去……"这些话不值得写进那本装订得像账簿的本

---

① 克罗伊登系大伦敦市的一个区。

子里,那样装订是为了不让贾尔斯怀疑。"夭折"一词正好表达了她的状况,例如,她从来没有拿着自己喜爱的衣服走出过商店;她从来没有因为在商店橱窗里深色裤料的衬托下看见自己的身影而高兴过。她的腰很粗,四肢又大,除了头发(按现代方法盘得很紧,很时髦)以外,她没有一处像萨福①,也没有一处像任何一个被各种周报刊登照片的美男子。她就像她自己:理查德爵士的女儿、温布尔登市②两位贵族老夫人的侄女;两位夫人姓奥尼尔,她们为自己是爱尔兰国王的后裔而备感自豪。

有一次,一位愚蠢的、爱奉承的夫人来到书房门口(她称书房为"宅子的心脏"),她停下来说:"除了厨房以外,书房向来都是宅子里最好的房间。"她迈进书房门口以后又说:"书籍是心灵的镜子。"

具体到波因茨宅的情况,这心灵是个黯然无光的、有斑点的心灵。因为火车开到这个地处英格兰中心的遥远村庄需要三个小时,任何人作如此长途的旅行都无法抵御心灵可能产生的饥饿感,事先都要从书摊上买一本书。因此书籍这个反映高尚心灵的镜子也反映出了厌倦的心灵。任何一个人看到前来度周末的游客丢下的一大堆廉价流行小说时,都不会违心地说,这面镜子反映的永远是一位女王的痛苦或哈里国王的英雄行为。

在这个六月的清晨,书房里空无一人。贾尔斯太太得去厨房。奥利弗先生仍在台地上散步。斯威辛太太当然是去了教堂。气象专家预报过的微风,风向不定,掀起了黄色的窗帘,投

---

① 萨福,公元前6世纪初的希腊女抒情诗人。
② 位于英格兰东南部,现属大伦敦市。

下光亮,然后投下阴影。炉火变暗,然后又亮起来;带乌龟壳花纹的蛱蝶拍打着窗户下层的玻璃;啪,啪,啪,一遍又一遍地说,如果没人来,永远、永远、永远没人来,那些书就会发霉,那炉火就会熄灭,那蛱蝶就会死在窗玻璃上。

那只桀骜不驯的阿富汗猎犬出现了,那位老先生也跟着进了屋子。他已读完了报纸,现在十分困倦,于是一下子坐到了有印花布罩的沙发椅上,他的狗蹲伏在他的脚边。狗的鼻子挨着前爪,蜷缩着身子,看起来像一只石雕的狗,像十字军战士的狗,就是在阴间也仍然守卫着熟睡的主人。可是这位主人并没有死,只是在做梦;睡意蒙眬之中,他似乎在一面光影斑驳的镜子里看见了自己——一个戴着头盔的青年,还看见一挂瀑布倾泻而下。但是没有水;那山峦像打了褶子的灰布;沙漠里有一副肋骨骨架;一头公牛在阳光下被蛆虫蚕食;在岩石的阴影里有几个野蛮人;他自己的手里有一杆枪。他梦中的手紧紧握着;现实中的手搭在沙发扶手上,青筋暴涨,可是现在里面流淌的只是发褐色的液体。

门开了。

伊莎抱歉地说:"我打扰您了吧?"

她当然打扰了——破坏了他梦中的青春和梦中的印度。这是他自己的过错,因为她一如既往,坚持不懈地把他的生命之线拉得那么细,扯得那么远。说实在的,他感谢她坚持这样做,此时他看着她在屋里闲逛。

很多老年人心目中只有他们的印度——俱乐部里的老人,住在远离杰敏街的房间里的老人都那样。穿着条纹衣裙的她使奥利弗先生继续生存,她站在书橱前自语道:"月光之下沼泽一片幽暗,飞动的云彩吸进了最后几束白光……我已经订了鱼。"

她转过身大声说,"我不能保证鱼一定新鲜,可是小牛肉太贵了,再说这宅子里所有的人吃牛羊肉都吃腻了……索拉伯,"她走到老人和狗面前突然停下来说,"**它**干什么来着?"

这只狗从来不摇尾巴。它从来不认可它和全家人的关系。它或者发怒,或者咬人。现在它那野性的黄眼睛盯着她,也盯着他。它瞪起眼来比他们两人瞪眼的时间都要长。这时奥利弗老先生想起来了:

"你的小男孩是个哭宝宝。"他鄙夷地说。

"唉,"她叹了口气,瘫坐在一把沙发椅的扶手上,就像一个固定在地上的气球,被许多头发丝般的细线拴在家务事中,"出什么事啦?"

"我拿着这张报纸,"他解释说,"于是……"

他拿起报纸,把它揉搓成了一个鸟喙,放在鼻子上。"于是",他从一棵树后面跳出来扑向两个孩子。

"他又哭又嚎。他是个胆小鬼,你儿子是个胆小鬼。"

她皱起眉头。他不是胆小鬼,她儿子不是胆小鬼。她讨厌家务事,讨厌占有欲,讨厌母亲的职责。他知道这一点,就故意说这话来嘲弄她,这个老畜生,她的公公。

她把目光转向别处。

"这间书房向来都是这宅子里最好的房间。"她重复着别人说过的话,目光扫过房间里的书。书籍是"心灵的镜子"。《仙后》①和金莱克的《克里米亚》②;济慈③的作品和《克鲁采尔奏

---

① 《仙后》是英国诗人斯宾塞(1552—1599)写的长诗。
② 金莱克(1809—1891),英国作家。他写的《克里米亚》是记载克里米亚战争(1863—1887)的史书。
③ 济慈(1795—1821),英国诗人。

鸣曲》①。这些作品书房里都有，它们反映了，反映了什么呢？书籍能给她这个年龄的人（她三十九岁，与本世纪同龄）提供什么灵丹妙药呢？她不喜欢书，和她的同代人一样。她也不喜欢枪。然而她像一个牙疼得要命的病人，目光扫过药店里带镀金羊皮纸标签的绿瓶子，想找到治牙病的药。她思索着：济慈和雪莱②，叶芝③和多恩④。也许不是一首诗，而是一部传记。加里波第⑤的传记，帕莫斯顿勋爵⑥的传记。也许不是一个人的传记，而是一个国家的历史，如《达勒姆城的古迹》《诺丁汉郡考古学会档案》。也许根本不是历史，而是科学——爱丁顿⑦、达尔文⑧，或金斯⑨。

　　这些书里没有一本能治她的"牙疼"。对她这一代人来说，报纸就是书籍；由于她的公公放下了《泰晤士报》，她便拿起来读："一匹绿尾巴的马……"这真神了。下一行，"白厅街上的皇家骑兵……"这真浪漫。然后她逐字逐句读下去："骑兵们告诉她那匹马有条绿尾巴；可是她发现那不过是一匹很普通的马。他们把她拖到营房里，扔到床上。然后一个骑兵剥掉了她的一部分衣服，她尖叫起来，并打他的脸。……"

---

① 《克鲁采尔奏鸣曲》是俄国作家列夫·托尔斯泰(1828—1910)写的中篇小说。
② 雪莱(1792—1822)，英国诗人。
③ 叶芝(1865—1939)，英国诗人、剧作家、散文家。
④ 多恩(1572—1631)，英国玄学派诗人。
⑤ 加里波第(1807—1882)，意大利将军、民族英雄。1880 年宣称为意大利国王。
⑥ 帕莫斯顿勋爵(1784—1865)，英国政治家，曾任首相。
⑦ 爱丁顿(1882—1944)，英国天文学家、天文物理学家。
⑧ 达尔文(1809—1882)，英国博物学家，提出了"进化论"。
⑨ 金斯(1877—1946)，英国数学家、物理学家、天文学家、作家。

那是真实的事情,它是如此真实,她甚至在自己房间的桃花心木门框上看到了白厅街上皇家骑兵楼的拱门,透过拱门看见了那间营房,看见营房里的那张床,看见那姑娘在床上尖叫,还打士兵的脸,此时房门(因为事实上确实有个门)突然开了。斯威辛太太走了进来,手里拿着一把锤子。

她侧着身子往里走,仿佛她那双破旧的园艺鞋踩着的地板是游动的;她往前走着,噘了噘嘴,朝她的哥哥笑了笑。他们两人没说一句话;她径直走到屋角的橱柜前,把先前擅自拿走的锤子放回去,连同——她摊开手掌——连同一把钉子。

"辛蒂——辛蒂。"哥哥在她关橱柜门时生气地喊。

妹妹露西比他小三岁。辛蒂(也可以叫"新蒂",因为拼音是一样的)是露西的小名。小的时候,他就叫她辛蒂;那时他去钓鱼,她就跟在后面乱跑,还把草场上的野花捆成几小把,用一根长长的草梗缠了一圈、一圈,又一圈。她还记得,有一次哥哥让她自己取下鱼钩上的鱼。她被上面的血吓坏了——"妈呀!"她叫了起来——因为鱼鳃上全是血。他就生气地喊了一声"辛蒂!"那天早晨在草场的情景萦绕在她的心头,她一面想,一面把锤子放回原来的搁板上,把钉子也放回另一层搁板上,并关上柜门。哥哥还那么关注那个橱柜,因为他的钓鱼工具仍放在里面。

"我刚才一直在谷仓里,往墙上钉布告牌。"她说,同时轻轻地拍了拍他的肩膀。

这些话就像第一声震耳的钟声。第一响过后,你会听见第二响;第二响过后,你会听见第三响。因此伊莎一听见斯威辛太太说"我刚才一直在谷仓里,往墙上钉布告牌",就知道她下一句该说:

"是演露天历史剧用的。"

而他则会说：

"是今天演吗？见鬼，我都给忘了！"

"如果晴天的话，"斯威辛太太接着说，"他们会在台地上演……"

"如果下雨的话，"巴塞罗缪接着说，"会在谷仓里演。"

"天气会怎么样呢？"斯威辛太太接着说，"是下雨还是晴天？"

然后他们两人都向窗外张望，这已经是连续第七次了。

一连七个夏天，每到夏天伊莎都会听见这几句话，关于锤子和钉子，关于露天历史剧和天气。每年他们都说，会下雨呢还是会晴天呢；而每年都是——要么下雨要么晴天。同样的钟声接着同样的钟声，不过今年她在钟声下面还听见："那姑娘尖叫起来，并用锤子砸他的脸。"

"天气预报说，"奥利弗先生边说边翻报纸，找到了那一段，"风向多变，平均气温适中，间或有雨。"

他放下报纸，他们都望着天空，想看看老天爷是否听气象学家的话。天气确实多变。花园里一会儿是绿色，一会儿就变成了灰色。太阳出来了——一种无边的欢乐和激情，拥抱着每一朵花，每一片叶。随后，它满怀同情心隐退了，蒙着脸，似乎不忍心看人间的痛苦。天上的云彩时而稀薄，时而浑厚，它们游移不定，缺乏对称，毫无秩序。它们是遵循自己的法则呢，还是不遵循任何法则？有的云朵不过是几丝白发；有一朵云又高又远，已凝固成金色的石膏，是用不朽的玉石做成的。它的后面是一片蓝天，纯蓝，深蓝，从未滤过的蓝色，从未记录过的蓝色。它虽然不像阳光、阴影和雨水那样落到地球表面，但它全然无视地球这个多彩的小球体。花朵感觉不到它,田野感觉不到它,花园也感觉不到它。

斯威辛太太望着蓝天时,眼睛毫无表情。伊莎想,她在凝视着一个固定的点,因为她看见上帝在那里,上帝坐在宝座上。可是随后一片阴影降临花园,斯威辛太太凝滞的目光松弛了,降低了,她说:

"这天气确实多变。恐怕要下雨。我们只能祈祷。"她补充道,并摸了摸她的耶稣蒙难十字架。

"并且提供雨伞。"她哥哥说。

露西的脸红了。他刚才攻击了她的信仰。她一说"祈祷",他就接茬说"雨伞"。她用手指头捂住了十字架的半边。她逃避了,她退缩了,可是马上又喊起来:

"嘿,他们来了——小宝贝们!"

童车正在穿过草坪。

伊莎也往那边看。她真是个天使——这位老太太!她那么亲切地招呼孩子们,她那么勇敢地抵抗那些庞然大物,抵制那位老先生的不虔敬的态度,用她那双瘦弱的手和满含笑意的眼睛!她与巴特抗争,与天气抗争,多勇敢啊!

"他看上去健康活泼。"斯威辛太太说。

"他们长得真快,真让人惊奇。"

"他吃早饭了吗?"斯威辛太太问。

"连饭渣都吃了。"伊莎说。

"小家伙呢?没有麻疹的迹象吧?"

伊莎摇了摇头。"碰碰木头。"①她轻轻拍着桌子说。

---

① 这是俗语,用于祈求继续交好运。

"告诉我,巴特,"斯威辛太太转身对她哥哥说,"这句话是从哪儿来的？碰碰木头……安泰俄斯①,他不是碰着大地了吗？"

他想,她本来可以成为一个非常聪明的女人,如果她的目光能集中在一点上的话。可是这事引出了那事,那事又引出了别的事。什么事都是一只耳朵进,一只耳朵出。大家都被一个反复出现的问题萦绕着,这种情况在七十岁以后是经常发生的。具体到她呢,反复出现的问题是,她是应该住在肯辛顿街呢,还是住在邱园？但每年冬季来临时,她两处都不住,而是暂住黑斯廷斯。

"碰碰木头,碰碰大地,安泰俄斯。"他念叨着,同时把那些散乱的线索收拢起来。伦普里尔的词典②能解答这个问题,或者《不列颠百科全书》。可是任何书本都不能解答他的问题——露西的脑袋里（她的头形与他的是那么相像）为什么存在一个祈祷对象？他猜想,她没给那个祈祷对象加上头发、牙齿或脚趾头。他猜想,那祈祷对象在更大程度上是一种力量或一种光芒,它控制着鸫鸟和毛虫,控制着郁金香和猎狗,也控制着他这个青筋暴涨的老头。那祈祷对象促使她在冰冷的早晨起床,走过泥泞的小路去向它祈祷;它的传声筒就是斯特里特菲尔德。斯特里特菲尔德是个好人,常在教堂的更衣间里抽雪茄烟。他需要一些慰藉,因为他常年向年龄大的哮喘病患者施舍冗长的训诫,他总是在修缮那座总是要倒塌的教堂塔楼,通过钉在谷仓墙上的那些布告牌。奥利弗先生想,他们把本该献给有血有肉的人的爱心都献给了教堂……此时露西突然敲着桌子说:

"那句话的来源——来源——是什么？"

---

① 希腊神话中的巨人、角斗士,他必须接触大地母亲才能战无不胜。
② 伦普里尔(1765—1824),英国学者、词典编纂者、神学家,以其编纂的《古希腊罗马文化词典》著称。

"是迷信。"他说。

她的脸红了,她连自己轻轻的吸气声都能听见,因为他又一次攻击了她的信仰。可是兄与妹、血与肉都不是障碍,而是迷雾。什么都不能改变他们的亲情,无论是争论、事实,还是真理都不能改变。她明白的事,他不明白;他明白的事,她却不明白——如此等等,无穷无尽。

"辛蒂。"他生气地说,至此他们的争吵就结束了。

刚才露西去钉布告牌的那个谷仓是农场大院里一座很大的建筑物。它与教堂一样年代久远,用同样的石头建造,只不过它没有塔楼。为了防鼠和防潮,它的底部四角都砌有圆锥形的玄武石,那些去过希腊的人总说这座谷仓让他们想起庙宇。那些没去过希腊的人(占大多数)也同样赞赏它。谷仓的屋顶是橘红色的,由于日晒雨淋已经褪色;里面是空旷的大厅,可以透进阳光,总体呈棕色,散发着玉米的气味。门关上时,谷仓里很暗,但一头的大门打开时,里面就被照得通亮;他们就是这样开门让马车进去的——那些车身较长的低矮马车,像海上的航船,在玉米地里乘风破浪,而不是在海上,它们在傍晚时分满载干草疲惫而归。小巷里马车经过之处,满是洒落的碎干草。

现在人们拖着长凳横穿过谷仓的地板。如果下雨的话,演员们将在谷仓里演出;谷仓的一头已经搭了木板,作为舞台。无论是下雨还是晴天,观众将在谷仓里喝茶。年轻小伙子们和姑娘们——吉姆、艾丽斯、戴维、杰茜卡——现在就忙着悬挂红白色纸玫瑰花环,那是庆祝国王加冕典礼[①]时剩下

[①] 指1937年5月12日举行的英王乔治六世(1895—1952)的加冕典礼。

的。谷仓里存放的粮种和麻袋上的灰尘呛得他们直打喷嚏。艾丽斯头上包着手帕,杰茜卡穿着马裤。那些小伙子只穿着衬衫干活。发白的谷糠戳进了他们的头发;一不小心木刺就会扎进他们的手指。

"老薄脆"(斯威辛太太的绰号)又在谷仓里钉公告牌。她先前钉的那块已经被风刮掉了,要不然就是村里那个傻子干的,他总爱把墙上钉的东西拽下来,这会儿他可能正躲在哪个树篱的阴影下面窃笑呢。干活的人们也在笑,似乎斯威辛老太太走过之后留下了一连串的笑声。老太太头上有一绺白发随风飘动;她穿着一双鞋面隆起的鞋,就像金丝雀蜷起的爪子;她的黑色长袜皱巴巴地滑到了脚腕。看到她这副模样,戴维自然要转一转眼珠,杰茜卡也会意地眨了眨眼睛,同时递给他一串纸玫瑰。他们都是势利之人,也就是说,他们在世界的那个角落里待的时间太长了,带上了三百多年的习惯行为的永久印记。因此他们大笑,但还是表示了尊重。如果她佩戴珍珠的话,他们就是珍珠。

"老薄脆,蹦蹦跳。"戴维说。她会进进出出二十次,最后给他们端来一大罐柠檬汁和一盘三明治。杰茜卡举着花环,戴维挥舞着锤子。一只母鸡溜达着进来了;一只又一只奶牛走过门口;然后是一只牧羊狗;再后面是牧人邦德,他停下了脚步。

他若有所思地注视着那几个把纸玫瑰挂到一根根橡木上的年轻人。他瞧不起任何人,不管是村民还是乡绅。他斜靠在门上,一言不发,现出嘲讽的神情,就像一棵枯萎的柳树,枝条垂到河面,叶子都掉光了;他的眼里映出了任意流淌的河水。

"嗨——嘿!"他突然叫起来。这大概是牛语,因为那只把脑袋伸进了大门的花牛低下了犄角,用力摆了摆尾巴,悠闲地走开了。邦德也跟着走了。

"这确实是个问题。"斯威辛太太说。就在奥利弗先生读《不列颠百科全书》里的"迷信"词条,查找"碰碰木头"的来源时,她和伊莎在谈论鱼的事。鱼是从那么远的地方运来的,是否还会新鲜。

他们离海是那么远。斯威辛太太说,有一百英里;不对,也许是一百五十英里。她接着说:"可是他们确实说过,夜深人静的时候你能听见海浪的声音。他们说,暴风雨过后,你能听见海浪拍岸……我喜欢那个故事,"她沉思地说,"他半夜里听见了海浪的声音,于是备鞍上马,奔向大海。那是谁啊,巴特,是谁奔向大海?"

他还在看百科全书。

"你别指望他们把鱼装在水桶里给你送上门,"斯威辛太太说,"不会像我记得的那样了,那时我们都很小,住在海边的房子里。有许多龙虾,很新鲜,刚从捕虾笼里拿出来的。它们拼命钳着厨师伸过去的小细棍。还有鲑鱼。你能知道它们新鲜不新鲜,因为鳞片上有虱子。"

巴塞罗缪点点头。确实如此。他还记得海边的房子,还有龙虾。

他们正从海里起网,里面都是鱼;而伊莎却在张望——花园,在微风中,它像天气预报说的那样变化多端。孩子们又经过这里了,她敲了敲窗户,给他们一个飞吻。在花园的嗡嗡声中,飞吻没有引起注意。

她回过头说:"我们离海真有一百英里吗?"

"只有三十五英里。"她的公公说,好像他掏出口袋里的皮尺精确地测量过似的。

"好像更多吧,"伊莎说,"从台地上看,大地像是永远、永远在延伸。"

"过去没有海,"斯威辛太太说,"在我们和欧洲大陆之间根本没有海。今天早晨我在一本书里读到的。那时候,斯特兰德街①一带盛开着杜鹃花;皮卡德利街一带有猛犸象出没。"

"那时我们都是野蛮人。"伊莎说。

然后她想起来了;她的牙医曾告诉她,野蛮人能熟练地做脑手术。他还说,野蛮人有假牙。她记得他说过,假牙在法老②时代就发明出来了。

"至少我的牙医是这么告诉我的。"她总结说。

"你现在看哪个牙医?"斯威辛太太问她。

"还是那对老夫妇,住在斯隆街的巴悌和贝茨。"

"巴悌先生告诉你法老时代就有假牙?"斯威辛太太若有所思地说。

"巴悌?嗨,不是巴悌。是贝茨说的。"伊莎纠正她的说法。

她回忆说,巴悌只爱谈英国王族的事。她告诉斯威辛太太,巴悌给一位公主看过病。

"所以他就让我等了一个多钟头。你知道,我们小的时候一个钟头显得多么长。"

"嫡亲或表亲之间通婚,对牙齿没好处。"斯威辛太太说。

巴特把手指头放进嘴里,龇出上排牙。全是假牙。然而,他说,奥利弗家族从来没有嫡亲或表亲通婚的事。奥利弗家族查

---

① 斯特兰德街在伦敦市。
② 对古埃及国王的尊称。

祖先,找不到超过二三百年的。可是在斯威辛家族里就能找到。斯威辛家族在诺曼人征服英格兰①之前就已经存在了。

"斯威辛家族。"斯威辛太太刚说出口又不说了。巴特又会为圣贤②的传说跟她开玩笑了,如果她给他机会的话。他已经开了她两个玩笑了:一个是关于雨伞,另一个是关于迷信。

因此她不再谈那个话题了。她说:"咱们是怎么谈到这儿的?"她数着手指头。"法老、牙医、鱼……啊,对了,伊莎,刚才你说订了鱼;你担心鱼不新鲜。我说:'确实是个问题。……'"

鱼已经送来了。米切尔商店的小伙计胳膊肘里夹着鱼,从摩托车上跳下来。现在已经用不着在厨房门口给马驹喂方糖了,也没有时间闲聊,因为他这一趟要去的地方增加了。他得把货一直送到小山另一边的比科里村;还要绕道经过韦索恩、洛丹姆和派敏斯特,这些地名和他的姓氏一样,在《最终税册》③里都有记载。可是那位厨师(人们通常叫她桑兹太太,但老朋友叫她特里克西)活了五十岁还没去过山那边,而且也不想去。

小伙计把鱼轻轻地放在厨房桌子上,那是鳎鱼片,半透明的,没有刺。桑兹太太还没来得及剥开包鱼的纸,小伙计就走了,临走时还拍了拍那只特别漂亮的黄猫。黄猫从柳条椅上威严地站起来,以优雅的姿态走向桌子,围着鲜鱼兜圈子。

鱼片是不是有点异味?桑兹太太把鱼片拿到鼻子前。黄猫用身子蹭蹭这条桌子腿,又蹭蹭那一条,还蹭了蹭她的腿。她会

---

① 1066年,诺曼底公爵威廉用武力征服了英格兰。
② 指英格兰温彻斯特市主教圣斯威辛(卒于862年)。
③ 1086年左右根据英王威廉一世的命令编制的英国土地调查清册,内容包括地产所有权、范围、价值等。

留一小片鱼给桑尼的(这只公猫在客厅里叫桑炎,到了厨房就改成桑尼了)。她拿着鱼进了食品储藏室,黄猫也跟了进去;她把鱼放进一个盘子,就在这个半教会的套间里。因为在宗教改革①之前,这个宅子与附近许多宅子一样,有一个小礼拜堂;随着宗教的变革,礼拜堂就成了食品储藏室,正如黄猫的名字变了一样。老爷(人们在客厅里这样称呼他;在厨房里则叫他巴迪)有时会带几位先生来参观这间储藏室——经常是在厨师没有正式着装的时候来。他们来这里的目的不是看挂在钩子上的火腿,也不是看蓝色石板上的牛油,更不是看明天正餐用的大块牛肉,而是看储藏室里往外延伸的地窖及其雕花拱门。如果你轻轻地敲一敲——有一位先生带了一把锤子——能听到空旷的声音,一种震荡声;毫无疑问,他说,这是一个隐蔽的地道,曾经藏过人。也许是吧。可是桑兹太太希望他们不要在女孩子都在的时候到她的厨房来讲故事。那样会把一些想法灌输进她们愚蠢的大脑。她们听见过死人滚动大桶的声音。她们看见过一个穿白衣的女人在树下散步。天黑以后谁都不愿意穿过台地。如果一只猫打喷嚏,那就是"有恶鬼!"②

　　黄猫桑尼咬了一口喂给它的鱼片。随后,桑兹太太从一个盛满鸡蛋的棕色篮子里拿出一个鸡蛋;篮里有些鸡蛋的壳上沾着黄色绒毛;她抓了一把面粉,准备涂在那些半透明的鱼片上;她又从一个装满面包皮的陶罐里拿出一块面包皮。然后,她回到厨房,在烤炉前做了许多快速的动作,耙煤灰,加煤,喷水减弱火势,使整所房子回荡着奇怪的声响,因此无论他们是在书房、

---

① 16世纪的宗教运动,旨在改革罗马天主教会,最终成立了新教教会。
② 此引语是一首儿歌的最后一句。

客厅、饭厅,还是在保育室,无论他们在做什么,想什么,说什么,他们知道,他们都知道,快要吃早饭、午饭或晚饭了。

"三明治……"斯威辛太太走进厨房时说。她克制住自己,在说完"三明治"后没有再叫一声"桑兹"①,因为"桑兹"与"三明治"不和谐。她母亲过去常说:"不管什么时候都不要拿别人的名字开玩笑。""特里克西"这个名字与"桑兹"不同,不适合这位瘦瘦的、尖酸刻薄的女人,她一头红发,很犀利,很整洁。她从来没有很快地做出拿手的食品,这倒是真的,但她也从来没有把发卡掉进过汤里。"这是他妈的怎么回事?"巴特说,一面从汤里捞出一个调羹来,那是过去的事了,十五年前,桑兹还没来,是杰西·普克在这里干活的时候。

桑兹太太拿来面包,斯威辛太太拿来火腿。她们一个切面包,一个切火腿。两个人一起干手工活令人欣慰,也起到了团结人的作用。厨师的手在切呀,切呀,切呀。而露西则拿着方面包,拿起刀子。她思索着,陈面包为什么比新鲜面包好切呢?于是她的思绪以微妙的方式跳跃,从发酵粉跳到白酒,从白酒跳到发酵原理,从发酵原理跳到醉酒,从醉酒又跳到巴克斯②;她像往常那样躺在意大利的一个葡萄园里,躺在许多紫灯下面。此时桑兹听见了钟表的滴答声,看见了黄猫,注意到了一只苍蝇在嗡嗡叫,并且表现出一种愠怒,她的嘴唇显露出了这一点;当别人在谷仓里高高兴兴地挂纸花的时候,她不应该对厨房里干活的人直言她的不满。

"天会晴吗?"斯威辛太太问,她手里的刀停了下来。在厨

---

① 意为"沙滩"。
② 希腊罗马神话中的酒神和梦神。

房里,斯威辛老妈妈有什么突发奇想他们都会随声附和。

"看着倒是像。"桑兹太太说,一面用犀利的眼睛看了看厨房窗外。

"去年天气可不好,"斯威辛太太说,"你还记得吗?雨下起来的时候,我们手忙脚乱地收拾椅子。"她又接着切面包。然后她问起比利的情况,比利是桑兹太太的侄子、肉食店老板的学徒。

桑兹太太说:"他一直在干男孩子不该干的事——拿老板开玩笑。"

"会好的。"斯威辛太太说,她一方面是说那男孩,另一方面是说自己手里切的三明治,那一块碰巧切得很整齐,是三角形的。

"贾尔斯先生可能回来得晚。"她又说,一面得意地把那块三明治放到一摞三明治的上面。

因为伊莎的丈夫,也就是那位股票经纪人,要从伦敦回来。他下了特快列车后要换乘的区间车一向不能正点到达。就算他搭上了早班车也没有把握。这种情况就意味着——可是这种情况对桑兹太太意味着什么,没有人知道;每当有人没赶上火车,她无论想干什么都得守候在烤箱旁边,给他们热肉菜。

"好啦!"斯威辛太太说,同时察看那些三明治,有些切得整齐,有些不整齐。"我把它们送到谷仓去。"至于柠檬汁嘛,她相信厨房女佣简妮会跟着送过去的,那是毫无疑问的。

坎迪什在餐厅里停下来,为的是挪动一枝黄玫瑰。黄色、白色、康乃馨红色——他在摆放这些鲜花。他爱花,喜欢插花,也喜欢摆弄夹在花枝中的很别致的剑形或心形绿叶。真是怪事,他竟会喜爱鲜花,他可是一向喜欢赌博和酗酒的。他把那枝黄玫瑰放到恰当的位置。现在一切都准备好了——银色和白色,叉子和纸巾,中间是一大盆洒过水的色彩斑斓的鲜花。就这样,他最后看了一眼鲜花便离开了餐厅。

窗户对面的墙壁上挂着两幅肖像画。在现实生活中,他们从未见过面,那位高个子贵妇人和那位手拉缰绳牵着马的男人。贵妇画像是奥利弗买来的,因为他喜欢那张画;那个男人是一位祖先。他很有声望。他手里握着缰绳。他曾经对画家说:

"先生,如果你想画我的形象,那就画吧,趁树上有叶子的时候画。"那时树上还有叶子。他还说:"不能把科林和伯斯特都画上吗?"科林是他的名贵猎犬。可是画面上只有画伯斯特的空间。他似乎在对大家而不是对画家说:实在太遗憾了,不能把科林画上;他曾希望把科林埋在他的脚边,葬在同一个坟墓里,那是一七五〇年左右的事;可是那个讨厌的不知叫什么名字的牧师不允许那样埋。

那位祖先是个健谈的人。但那位贵妇人则美丽如画。她穿着黄色长衫,斜倚着廊柱,手里拿着一支银箭,头上饰有羽毛,引得人们的目光上下打量,看了曲线又看直线,透过一片片青葱和深浅不一的银色、灰褐色和玫瑰色进入寂静之中。屋子里空无一人。

空旷,空旷,空旷;寂静,寂静,寂静。这间屋子是个贝壳,歌颂着有时间记载之前的往昔;一个花瓶立在屋子中央,石膏做的,平滑,冰凉,盛满了"空旷"的静止浓缩的精髓——寂静。

在大厅的另一边,一扇门打开了。传来一个人的声音,又一个人的声音,第三个人的声音,像微波细语,像鸟儿啭鸣:粗哑的是巴特的声音,发颤的是露西的声音,音调适中的是伊莎的声音。他们那急躁的、厌烦的、抱怨的声音传到了大厅这一边,他们说的是:"火车晚点了","接着热肉菜吧","不行,坎迪什,我们不愿意,我们不愿意等了"。

这些声音出了书房,到了大厅便戛然而止。它们显然遇到了障碍,是一块大石头。就是在乡野的中心都不可能独处吗?实在令人震惊。震惊过后,他们围着那块大石头赛跑,并且接受了它。这样做虽然很痛苦,但很有必要。有必要进行社交。他们走出了书房,使他们既痛苦又快乐的是,他们碰上了曼瑞萨太太和一个不认识的小伙子,那人长着亚麻色头发,面部有些扭曲。躲避是不可能的;碰面不可避免。这两位是随意来串门的,既没受到邀请,也没事先通知;他们开车驶离公路是因为受到一种本能的驱使,这种本能与绵羊和奶牛总想凑到一起的本能是一样的,于是他们就来到了这里。可是他们带来了一个午餐篮子。就在这儿。

"我们看见路标上有你家的姓氏时,简直没法抗拒了,"曼瑞萨太太用长笛般柔和清晰的高音说,"哦,这是一个朋友——威廉·道奇。我们本来打算去田地里单独坐一会儿的。我看见了那块牌子,就说:'为什么不去求我们亲爱的朋友给个地方坐一会儿呢?'在餐桌旁边给个座位——我们只需要这个。我们有自己的饭。我们有自己的杯子。我们不求别的,只求——"与人交往,那是很明显的,与像她一样的人在一起。

她向奥利弗老先生挥了挥手;她戴着手套,里面好像戴着戒指。

老先生向她深深地一鞠躬,头部低垂到她的手的上方;要是在一百年前,他会去吻她的手的。在这些欢迎、解释、道歉和再欢迎的声音当中,存在着一丝寂静,来自伊莎贝拉,她正静静地观察那个不认识的小伙子。他肯定是个有教养的人,他的短袜和长裤就是证据;他很聪明——他的领带上有斑点,西服背心没有扣上;他是个城里人,从事专业工作,那是油灰的颜色,不健康;他很紧张,突然被人介绍时身体轻轻地颤动了一下;从根本上讲,他极度自负,因为他不满意曼瑞萨太太的过分热情,然而他毕竟是她的客人。

伊莎对他颇有敌意,然而又觉得好奇。可是当曼瑞萨太太为了消除尴尬而补充说"他是画家"的时候,当威廉·道奇纠正她说"我是个办公室文员"的时候(她想他提到了"教育部"或"萨莫塞特宫"①),她注意到他脸部的肌肉紧缩,几乎到了眯眼的程度,而且肯定是抽动的;她看出了个中的奥妙。

随后,他们进去吃午饭,曼瑞萨太太神采飞扬,很高兴自己不费吹灰之力便驾驭了这个小小的社交危机——让他们在餐桌旁边加了两个位子。因为她不是绝对相信血液和肉体吗?我们所有的人不是都由血和肉组成的吗?再说计较小事多傻啊,因为我们大家的皮肤下面都是血和肉——男人女人都是如此!但是她更喜欢男人——这很明显。

"要不然你的几个戒指是干什么用的?还有你的手指甲,还有那顶确实让人喜爱的小草帽?"伊莎贝拉在心里默默地对曼瑞萨太太说,从而以沉默参与谈话,让沉默起了不可误解的作用。曼瑞萨太太的帽子、她的戒指、她那像玫瑰一样红又像贝壳一样光滑的手指甲都是明摆着的,大家都看得见。但她的来历可不是谁都了解的。他们大家所知道的不过是她生活中的一些

---

① 在伦敦市,18世纪时建于萨莫塞特公爵宫殿的原址,原为重要政府机构的办公楼。

碎块和片段,大概没包括威廉·道奇;她在公开场合称威廉为"比尔"①,这大概是个迹象,说明他比他们更了解她的来历。有些他知道的事他们当然也知道——她午夜时分穿着绸睡衣在花园里散步,她通过扩音器播放爵士乐,还有鸡尾酒酒吧间的事。可是他们不知道她的任何隐私,不知道她确切的生平。

她出生于塔斯马尼亚岛②,但这仅仅是传闻;她的祖父在维多利亚时代中期被输出到国外,因为涉嫌某件丑闻;是渎职吧?然而这传闻并没有新的进展,伊莎贝拉唯一的一次听别人讲这事时,没有得到更多的信息,仍然是"被输出到国外",因为那位健谈的夫人——格兰其农庄的布伦科太太——她的丈夫很刻板,对"被输出到国外"的说法表示愤慨,他说"被流放到国外"似乎更合适,但还不够确切,那个确切的词就在嘴边,可是他想不起来。因此这件传闻渐渐被人淡忘了。有的时候,曼瑞萨太太提起一位当主教的叔叔,可是人们认为那人不过是英属殖民地的主教而已。在那些殖民地,人们很容易忘掉过去的事,也很轻易地宽恕别人。还有人说,她的钻石和红宝石都是她的一位"丈夫"(不是拉尔夫·曼瑞萨)亲手从地里挖出来的。拉尔夫是个犹太人,他着意打扮自己,装得像个刚到殖民地的绅士,他靠着管理几个市属公司提供了成吨的金钱——这是肯定的;还有,他们夫妇俩没有孩子。可是,当然啦,如今是乔治六世在位的时代了,打探别人过去的隐私成了老派的做法,就像被蛀虫咬过的皮毛、小号、浮雕珠宝饰物和黑边记事本那样,已经不时兴了吧?

---

① "比尔"是"威廉"的昵称。
② 澳大利亚东南部的小岛。

"我所需要的,只是一个瓶塞钻。"曼瑞萨太太一面说,一面对坎迪什做了个媚眼,好像他是个真正的男人,而不是草心人。① 她有一瓶香槟酒,但没有瓶塞钻。

"比尔,你看呀,"她勾起大拇指继续说——她正在开酒瓶——"看看那些油画。我不是说过你会大开眼界的吗?"

她的姿态很粗俗,她整个人都很粗俗,外出野餐竟如此风流,如此打扮。然而那是多么令人向往的至少是宝贵的品质啊,因为她一开口说话大家都感觉到:"她说了,她做了,而我却没有";大家都可以利用她违背礼仪的机会,利用这一股刮进来的新鲜空气去效仿她,像一群跳跃的海豚跟在破冰船的后面。她不是让巴塞罗缪回忆起他的产香料的群岛了吗?不是使他感觉年轻了吗?

"我告诉过他,"她继续说,并对巴特做着媚眼,"他看了你家的东西以后,就不愿意看我们的东西了。"(其实他们自己的财产都堆成了山)"我还向他保证,你们会给他看那——那——"此时瓶子里的香槟酒冒了出来,她执意先给巴特斟酒。"你们这些有学问的先生们谈论什么来着?拱门?诺曼人?撒克逊人?谁是最晚从学校毕业的?是贾尔斯太太吗?"

现在她对伊莎贝拉做媚眼,赐予她青春活力;可是她平时对女人说话时总要蒙上眼睛,因为她们都是她的同谋者,能一眼看穿她的挑逗。

于是,她通过一次又一次的出击,借助香槟酒和挑逗的眼神,公开宣称自己是大自然的野孩子,闯进了(她确实偷偷地笑

---

① 此话似乎与英国诗人 T. S. 艾略特(1888—1965)的诗《空心人》有关。该诗开头为:"我们是空心人/我们是草心人"。

了笑)这个避风港;这事确实让她浮现出笑容,在离开了伦敦那个避风港之后;然而这里也确实勾起了她对伦敦的回忆。因为她继续往下说,给他们讲自己生活中的佚事;虽然都是些闲言碎语,很无聊,但她尽量让这些话发挥作用;她讲上星期二她是如何坐在某某人身边,然后她很随便地说出一个人的教名;然后又说一个绰号;那个男人曾说——由于她是个微不足道的人,他们跟她说话没有顾忌——"那可是秘密,我没必要告诉你们。"她对他们说。他们都竖起耳朵听。然后,她做了一个手势,好像把那散发着臭气的"在锅底下噼啪响"的伦敦生活扔到了船外——于是——她大声说:"去它的吧!……我到这儿来干的第一件事是什么呢?"他们昨天晚上刚来,一路上开车穿过六月里的小巷(大家都明白车上只有她和比尔),离开了伦敦,突然变得放荡了,也肮脏了,就这么坐下来吃午餐了。"我常干什么?我可以大声讲吗?斯威辛太太,你允许吗?是啊,在这房子里说什么都行。我脱下紧身衣。"(她边说边抚摩自己的腰部——她长得很壮)"然后在草地上打滚。打滚——你们会相信的……"她畅快地大笑起来。她已经不再注重保持体形,因而得到了自由。

"她说的是真的。"伊莎想。很真实。还有她对乡村的热爱也是真的。拉尔夫·曼瑞萨必须待在城里的时候,她常独自来这里;她戴着一顶旧的园艺帽,她教给村妇的不是如何腌咸菜或做蜜饯,而是如何用彩色麦草编制花里胡哨的篮子。她说他们想要的就是快乐。如果你来串门,经常能听见她在蜀葵花丛里一会儿用真嗓一会儿用假嗓唱着:"嘀伊提 梯 多伊提 梯 来哆……"

她是个十足的好人。她让老巴特感到年轻。巴特举起酒杯的时候,眼睛的余光看见花园里有个白的东西一晃而过。有人路过此地。

一个在厨房里干粗活的女仆趁着盘子端出来之前来到睡莲池边,清凉一下她的面颊。

池塘里长年有睡莲,都是风刮落的种子自然生长起来的,红色和白色的花朵躺在盘状绿叶上,浮在水面。几百年来,水带着泥沙流进这个空洞,积存下来,有四五英尺深,底下是一厚层乌泥,像软垫一般。这片浓绿的池水下面,无数鱼儿——金色的、带白斑块的,还有带黑色条纹或银色条纹的——遨游在以自我为中心的世界里,闪烁着亮光。它们默默地游弋在水的世界里,浮游在有蓝天映象的一片水面,或者无声地冲到池边,那里有野草抖动,像频频点头的阴影构成的流苏。蜘蛛在水道里印上娇小的足迹。一颗麦粒掉了,旋转直下;一片花瓣掉了,浸满了水,沉了下去。这情景让一队身体像小船的鱼儿停下来,一动不动,带上装备,穿上铠甲,然后摇摆起伏,闪亮而去了。

那位贵妇人就是在那深邃的池心,在那黑暗的中心投水溺亡的。十年前,人们清理过池塘的淤泥,找到过一块大腿骨。唉,那是绵羊骨头,不是女人的骨头。而且绵羊没有鬼魂,因为它们没有灵魂。可是,仆人们仍然说,绵羊一定有鬼魂,那鬼魂一定是个女人的鬼魂,她是为爱情而自溺身亡的。因此没有一个仆人肯在夜间走过睡莲池,只有现在才肯去,因为太阳高照,而且乡绅们仍坐在餐桌旁。

花瓣沉下去了;那个女仆回到厨房;巴塞罗缪啜着红酒。他像小孩一样兴高采烈,又像老人一样毫无顾忌;这是一种不寻常的、令人愉快的感觉。他搜肠刮肚想找恰当的话对那位可爱的夫人讲,于是他选择了想起来的第一件事——关于绵羊腿的事。他说:"仆人们一定有自己相信的鬼魂。"厨房女仆们一定相信溺水夫人的鬼魂。

"可是我也一定有!"大自然的野孩子曼瑞萨太太喊了起来。她突然变得像猫头鹰一样庄重。她说,她知道,一面捏了点面包以示强调,在战争[①]中拉尔夫不可能在她没见到他的情况下阵亡——"不管我在哪儿,不管我在做什么。"她补充道,一面摆动双手,让钻石戒指在阳光下闪亮。

"我感觉不到有鬼魂。"斯威辛太太摇着头说。

"是啊,"曼瑞萨太太大笑着说,"你不会感觉到的,你们都不会感觉到的。你们知道,我和……"她停了一下,等着坎迪什退出去,然后接着说,"和仆人们在一个水平上。我不像你们那么成熟。"

她露出一丝骄傲的神情,为自己仍保持着青春而自豪。是对还是错呢?一股感情的泉水潺潺地流过她的泥土。他们已经用一块块的玉石铺盖了自己的泥土。在他们看来,绵羊骨就是绵羊骨,而不是厄敏特鲁德勋爵夫人的遗骸。

"你属于哪个阵营?"巴塞罗缪转过身来问那位不认识的客人,"是成熟的人呢,还是不成熟的人?"

伊莎贝拉张开了嘴,希望道奇也能张嘴说话,这样她就能知道他是哪一类人了。可是他坐在那里瞪着眼。"对不起,先生,请再说一遍。"他说。他们都注视着他。"我刚才在看画。"

那幅画无视任何人。它把他们拖进了沉默的小路。

露西打破了沉默。

---

① 指第一次世界大战。

"曼瑞萨太太,我想请你帮个忙——今天下午如果出现了紧急情况,你能不能唱个歌?"

今天下午?曼瑞萨太太颇为震惊。是要演露天历史剧吗?她做梦都没想到会是今天下午。他们两人是不会冒昧闯来的——如果他们知道是今天下午的话。像往常一样,钟声又响了,伊莎听见第一下钟声,第二下,第三下——如果下雨的话,就在谷仓里演,如果晴天的话,就在台地上演。天气会怎么样呢?是下雨还是晴天?他们都往窗外望去。这时门开了。坎迪什说贾尔斯先生已经回来了。贾尔斯先生一会儿就下来。

贾尔斯已经回来了。他刚才看见了停在门旁的豪华镀银轿车,上面有姓名缩写 R. M. 的变形字体,从远处看像个小皇冠。有客人,他得出了结论,此时他已把车停到了那辆车的后面;然后他就去自己的房间换衣服。习俗的鬼魂上升到表面,就像一丝羞红或一滴泪水在情感的压力下上升到表面;于是这辆汽车触动了他所受过的教养。他必须换衣服。他走进餐厅,像个板球运动员,穿着法兰绒衣服,还穿了一件缀有铜扣子的蓝上衣;然而他很恼火。他坐火车时不是从日报上读到那条消息了吗?有十六个男人被枪杀,其他的人被监禁,这事就发生在那边,在海湾对面,在那块把他们和大陆隔开的平坦地带。然而他变了。是露西姑妈(她看见他进来正向他招手)使他变的。他出于本能,把自己的宿怨都归罪于她,如同一个人把外衣挂在钩子上。露西姑妈一向愚蠢,自由自在;自从他大学毕业后选择去大城市工作,她总是对那些一辈子跟野蛮人做买卖的男人表示惊奇和嘲笑,他们买卖犁铧?玻璃珠子?还是股票和证券?那些野蛮人也真怪——因为他们赤身裸体不是很美吗?——竟然希望穿得像英国人,活得像英国人。她这话很可笑,带有恶意,却道出了一个问题;由于他没有特殊的才能,没有资本,而且一直狂热地爱着他的妻子(他隔着桌子朝她点了点头),这个问题折磨了他十年。假如让他选择,他会选择经营农场。可是当时不让他选择。因此,一件事导致另一件事;纷纭的世事把你压扁,抓住你不放,像抓住水中的鱼。因此他回家来度周末,而且发生了变化。

"你们好。"他对屋里所有的人说;他对那位陌生的客人点了点头,从一开始就不喜欢他;然后他吃自己那份鳎鱼片。

他具有曼瑞萨太太爱慕的一切特征,堪称典型。他的头发拳曲;他的下巴坚实,不像很多人的下巴那样臃肿;他的鼻子很直,尽管很短;他的眼睛肯定与头发的颜色相配,是蓝色的;最后,他的表情里有一种严厉的、不驯服的成分,使这一典型完美无缺。虽然她已经四十五岁了,但他的表情仍能刺激她,给她的古老蓄电池充上了电。

"他是我的丈夫,"伊莎贝拉想,此时他们两人正隔着一束色彩斑斓的鲜花互相点头,"我孩子的爸爸。"这句老话起了作用,她感到骄傲,感到爱意,然后再次为自己而骄傲,因为他选择了她。她震惊地发现,在她今天早晨照过镜子之后,在她昨晚见到那位乡绅农场主并被欲望之箭射穿之后,她看见贾尔斯进来时(他已不是城里衣装讲究的绅士,而是板球运动员了),油然生出多少爱,和多少恨。

他们是在苏格兰钓鱼时认识的——她在一块岩石上钓鱼,他在另一块岩石上钓鱼。她的钓鱼线纠缠在一起了,她就不再钓鱼了,而是观看他钓鱼,看着河水在他两腿之间涌流,看着他甩竿,再甩竿——直到一条鲑鱼(中间稍弯,像个银元宝)跳了起来,被他捉住;她已经爱上了他。

巴塞罗缪也很喜爱他,并注意到了他恼火的表情——是因为什么呢?可是他记起了他的客人。有生人在场,家庭就不是家庭了。他必须费点事给他们讲一讲那两幅画,那位陌生的客人正在欣赏它们呢,此时贾尔斯突然进来了。

"那一个,"巴塞罗缪指的是画里骑马的男人,"是我的祖先。他有一条狗,那狗很有名气。那狗在历史上都占有一个位置。他留下了字据,希望把狗和他葬在一起。"

他们都看着那幅画。

露西打破了沉默:"我总觉得他好像在说:'画我的狗吧。'"

"那么那匹马呢?"曼瑞萨太太问。

"那匹马呀。"巴塞罗缪说,同时戴上了眼镜。他看着那匹马,马的臀部画得不太好。

可是威廉·道奇还盯着另一幅画里的贵妇人。

"啊,你是个画家。"巴塞罗缪说,他本人是因为喜欢那幅画才把它买下的。

道奇否认自己是画家,在半个多小时里他已经是第二次否认了,伊莎注意到了这一点。

像曼瑞萨这样的好女人为什么要领着这些缺乏教养的人到处去呢?贾尔斯问自己。他的沉默对谈话起了作用——那个道奇,摇了摇头。"我喜欢那幅画。"这是他唯一能说出的话。

"你说得对,"巴塞罗缪说,"有一个人——我忘了他的名字,他和一个学院有关系,专门给像我们这样的贵族后裔,家道中落的贵族后裔免费出主意,他说……说……"他停了一下。他们都看着那个贵妇人。可是她的目光越过了他们的头部,无视一切。她引领他们走下绿色的林间空地,走进寂静的中心。

"据说是乔舒亚爵士画的吧?"曼瑞萨太太突兀地打破了寂静。

"不是,不是。"道奇连忙说,可是声音很小。

"他为什么害怕呢?"伊莎贝拉问自己。他是个可怜的典型,不敢坚持自己的信仰——正如她也害怕,怕自己的丈夫。她把诗写在一本装帧得像账簿的笔记本里,不就是怕贾尔斯怀疑吗?她看了看贾尔斯。

他已经吃完了鱼片;他吃得很快,以免让他们久等。现在樱桃馅饼已经端上来了。曼瑞萨太太在数樱桃核。

"锡匠、缝匠、士兵、水兵、药师、耕童……我是耕童!"她喊道,她很高兴,因为樱桃核再一次肯定了她是大自然的野孩子。①

"你也相信这个?"老先生有礼貌地取笑她说。

"当然啦,我当然相信啦!"她喊道。现在她又上了轨道。她又是个彻头彻尾的好女人了。他们也都很高兴;现在他们可以跟在她的后面,离开那些通向寂静中心的银色和灰褐色的阴影了。

"我的先父,"道奇对坐在旁边的伊莎悄声说,"他喜欢绘画。"

"哦,我父亲也是!"她大声说。她含混地、断断续续地作了解释。小的时候,她每次得了百日咳都要住在一个叔叔家,他是个牧师;他戴着平顶帽;他什么事都不干,甚至不宣讲教义,只是编一些诗歌,在自己的花园里边散步边大声朗诵。

---

① 曼瑞萨太太吃樱桃馅饼时,一边数着吐出来的樱桃核,一边背诵童谣,有算命的意味。该童谣是:"锡匠、缝匠、士兵、水兵、药师、耕童、贼。"曼瑞萨太太数到第六个樱桃核时,正好念到"耕童"。

"人们都认为他疯了,"她说,"我不认为……"

她不说了。

"锡匠、缝匠、士兵、水兵、药师、耕童……看起来,"巴塞罗缪老人放下调羹说,"我得是贼了。① 咱们端着咖啡去花园好吗?"他站起身来。

伊莎拖着椅子穿过沙砾路,口里念念有词:"我们现在去哪儿?是去地球上渺无人迹的黑山洞,还是去风儿吹拂的森林?还是从一个星球旋转到另一个星球,去月亮的迷宫跳舞?还是……"

她拿折叠帆布躺椅的角度不对,把椅框带槽口的一头拿倒了。

"我叔叔从前教我唱的歌?"威廉·道奇说,他听见了她念的歌词。他打开折叠躺椅,把铁棍插进右槽口。

她脸红了,好像她刚才是在一间空屋子里说话,突然有人从帷幔后面走了出来。

"如果你在用手干活,你嘴里不念叨点什么吗?"她结结巴巴地说。可是他究竟用手,那双白净、细腻、形状好看的手,干了什么活呢?

贾尔斯回波因茨宅又拿来几把椅子,摆成半圆形。这样大家可以一起欣赏美景,还可以一起享受那堵旧墙的阴影。因为过去恰巧有人贴着宅子的墙壁垒了一堵墙,大概是想添加一个楼翼,就在阳光照耀的高地上。可是他们缺乏资金,放弃了那个

---

① 巴塞罗缪也是一边数樱桃核,一边背诵童谣。他数到第七颗时,正好念到"贼"字。

计划，因此只留下了这面墙，别的什么都没有。后来下一代人种了果树；果树长成后，树枝向四面伸展，伸过了这面历尽风雨的橘红色的墙。如果桑兹太太在一年里能用树上的果子做成六锅杏酱（用鲜杏当佐餐的甜食总是不够甜），她就说这年是丰收年了。如果树上只有三个杏子的话，也许还值得用薄布袋罩起来。可是那么多裸露的杏子是那么漂亮，一边脸红，一边脸绿，斯威辛太太就不罩它们了，于是黄蜂就在杏子上掘了许多小洞。

这里的地面向上倾斜，因此《菲吉斯旅游指南》（一八三三年版）说："从那里可以清楚地看到周围乡野的景色……博尔尼教堂的尖塔、拉夫·诺顿树林以及建在一片高地左边的霍格本的怪楼，它得名于……"

那本旅游指南说的依然是事实。一八三三年的情况到了一九三九年并没有改变。多年以来，这里没有再盖房子，也没有建设城镇。霍格本的怪楼依然很显眼；那片非常平坦的、布满农田的土地只有一点变化——拖拉机在某种程度上取代了犁铧。马已经没有了，但还有奶牛。假如菲吉斯现在来这里，他也会这么说的。他们每年夏天坐在这里喝咖啡的时候总会这么说，如果有客人在场的话。他们全家人单独在一起的时候什么都不说。他们只是观赏景色；他们观赏着已经司空见惯的景物，看一看他们熟悉的东西今天是否有什么不同。在大多数日子里，景色总是一样的。

"风景是那么惨淡，那么美丽，原因就在这里。"斯威辛太太说，一面弯下身子坐上贾尔斯给她搬来的帆布躺椅。"风景会永远存在，"她望着远处田野上空细带般的薄雾点着头说，"即便我们不存在了。"

贾尔斯用力扳动折叠椅，把它安置到位。他只能用这种方法来表达愤懑的心情,表达他对这些老顽固们的愤怒,他们只知道坐在这里,喝着加了奶油的咖啡,欣赏着风景,而此时整个欧洲——就在那一边——浑身的刺都竖起来了,就像……。他不善于使用比喻。只有不够准确的"刺猬"二字,才能说明他对欧洲的看法:地上竖满枪刺,空中悬着战机。每时每刻,大炮都会把那片田地耙出沟壑,飞机都会把博尔尼教堂炸得粉碎,还会炸掉霍格本的怪楼。他也喜欢这里的风景,并埋怨露西姑妈只会看风景,不会——做什么呢?她所做的事就是嫁给了一个乡绅,他已去世;她生了两个孩子,现在一个在加拿大,另一个已结婚,在伯明翰市。他很爱他的父亲,因此不去批评他;至于他自己呢,事情一件接着一件发生了;于是他就坐到了这里,跟老顽固们一起看风景了。

"真美啊,"曼瑞萨太太说,"太美了……"她咕哝着说。她在点香烟。微风吹灭了她的火柴。贾尔斯用手做成空洞状,又点了一根。对她也不用批评了——为什么,他也说不好。

"既然你对油画感兴趣,"巴塞罗缪转过身来对那位沉默的客人说,"那么,请告诉我,我们这个民族为什么对那种高雅的艺术却不好奇,没反应,不敏感,"——由于刚才喝的香槟酒起了作用,他才能一连气说出这三个不寻常的词——"而曼瑞萨太太,如果她允许我老头随便说的话,却能背莎士比亚的诗呢?"

"背莎士比亚的诗!"曼瑞萨太太嗔怪地说。她摆出了一种姿态。"生存,还是毁灭,这是一个值得考虑的问题。哪种行为更高尚[①]……接着背呀!"她碰了碰坐在旁边的贾尔斯。

[①] 此引语出自英国诗人、剧作家威廉·莎士比亚(1564—1616)的戏剧《哈姆雷特》第三幕第一场。

"远远地、远远隐没,让我忘掉你在绿叶间从不知道的一切①……"伊莎慌忙说出她刚想到的诗句,以帮助丈夫摆脱窘境。

"忘记这疲劳、这折磨、这焦躁②……"威廉·道奇补充道,一面把烟头埋进两块石头中间的小坟堆里。

"有了!"巴塞罗缪喊道,同时竖起食指,"那就是证明!什么样的弹簧被触动,什么样的隐秘抽屉展示出它的宝物,如果我说,"——他又竖起了几个手指头——"雷诺兹③!康斯特布尔④!克罗姆⑤!"

"为什么叫他'老'克罗姆呢?"曼瑞萨太太插嘴说。

"我们没有恰当的言语——我们没有恰当的言语,"斯威辛太太辩解道,"在眼睛后面,没在嘴边;就是如此。"

"没有言语的思想,"她的哥哥若有所思地说,"那可能吗?"

"我不懂!"曼瑞萨太太摇着头喊道,"太玄妙了!我能自己拿东西吃吗?我知道不对。可是我已经长到了这种年龄——以及这种身材,该干自己爱干的事了。"

她拿过盛奶油的小罐,让那滑溜溜的液体沿着弧形轨迹尽情地流进她的咖啡里,又往里面倒了满满一小铲红糖。她一圈

---

① 此引语出自英国诗人约翰·济慈(1795—1821)的《夜莺颂》。原诗句为"Fade far away, dissolve, and quite forget / What thou among the leaves hast never known",伊莎背诵时漏掉了"dissolve"(消解)一词。
② 此引语仍出自约翰·济慈的《夜莺颂》,紧接着前面引用过的那一句,原文为"The weariness, the fever, and the fret",威廉·道奇背诵时把"fever"(狂热)一词改成了"torture"(折磨)。
③ 乔舒亚·雷诺兹爵士(1723—1792),英国18世纪肖像画家和艺术理论家,提倡绘画的"高雅风格"。
④ 约翰·康斯特布尔(1776—1837),英国风景画家。
⑤ 约翰·克罗姆(1768—1821),英国风景画家,昵称"老克罗姆"。

又一圈地搅动混合的液体,她的动作给人以快感,很有节奏。

"想吃什么就拿!随便吃!"巴塞罗缪大声说。他觉得香槟酒越来越少了,于是趁着主妇的最后一点盛情尚未消失,赶紧享用美餐,就像在上床睡觉之前朝着灯火辉煌的客厅看上最后一眼。

那位大自然的野孩子又一次漂浮在老人的慈爱浪潮之中,她从咖啡杯的上方望着贾尔斯,觉得他们两人是一个阴谋的同谋者。一根细线把他们维系在一起,既看得见,又看不见,就像秋季日出之前把抖动的草叶维系在一起的那些细线,有时看得见,有时看不见。她以前只见过他一次,在板球比赛的时候。那时真正友谊的枝叶尚未长出来,但已经有一根初期感情的细线缠绕在他们中间了。她在喝咖啡之前总要先看一看,看是喝的一部分。她似乎在问,为什么要浪费激情呢,为什么要浪费可以从这个成熟的、正在融化的可爱世界挤出的一滴水呢?然后她喝下咖啡。于是她四周的空气便被激情的细线串在一起。巴塞罗缪感觉到了这一点;贾尔斯也感觉到了这一点。如果他是一匹马的话,棕色的薄皮肤会抽动的,就像有一只苍蝇落上去似的。伊莎贝拉也抽动了一下。嫉妒、愤怒刺痛了她的皮肤。

"现在,"曼瑞萨太太放下杯子说,"谈谈这次演出吧——这出露天历史剧,我们曾经研究过它,也反对过它,"——听她的口气,演剧的时机似乎已经成熟,就像那些正被黄蜂叮咬的熟杏子。——"告诉我,这个剧会是什么样的?"她转过脸去。"我是不是听见了什么声音?"她注意倾听。她听见了笑声,这笑声来自台地斜下方的灌木丛。

在睡莲池的后边,地势又向低处倾斜,在那低洼的地段,无刺灌木和有刺灌木混生在一起。这个地方总有阴凉;夏天时透进点点阳光,冬天时阴暗而潮湿。夏天里总有很多蝴蝶;豹纹蝶快速地穿来穿去;红纹丽蛱蝶享用美餐,飘忽不定;菜粉蝶倒没有什么奢望,只是轻盈地扇动翅膀,绕着一棵灌木飞来飞去,就像一群穿着薄布衣裙的挤奶姑娘,情愿在那里过一辈子。对一代又一代的居民来说,逮蝴蝶就是在那里开始的;对巴塞罗缪和露西来说是如此,对贾尔斯来说也是如此;对乔治来说,逮蝴蝶前天才开始,当时他用绿色的小网子逮了一只菜粉蝶。

这里是设置更衣室的合适地点,正如台地显然是演剧的合适地点。

"真是合适的地点!"拉特鲁布女士第一次来访被领到这里察看场地的时候曾惊叹地说。那是个冬天,树上的叶子已经落尽了。

"奥利弗先生,这是演露天历史剧的好地方!"她当时惊叹地说。"在这些树木之间绕进绕出。……"她向树木摆了摆手,它们光秃秃的,矗立在一月份清晰的光线里。

"那边是舞台;这边是观众;那边坡底下的灌木丛是理想的演员化妆室。"

她总是渴望组织活动。但她是从哪里蹦出来的呢?从她的姓氏看,她大概不是纯英格兰人。大概是从英吉利海峡群岛来的?宾厄姆太太只根据她的眼睛和她的某种神态就怀疑她有俄国血统。"那双深陷的眼睛、那个方下巴"让她联想起鞑靼人,倒不是因为她去过俄国。谣传拉特鲁布女士曾在温彻斯特市开过一间茶叶店,后来倒闭了。她当过演员,也没成功。她买过一幢有四居室的房子,与一个女演员同住。她们吵了架。实际上,她的情况人们知道得很少。从表面看,她肤色较深,体格强健,身体粗壮；她穿着亚麻工作服，迈着大步，在田地里走来走去；有时嘴里叼着烟卷；她的手里经常拿着马鞭，嘴里说着粗话——这么说，她也许根本就不是个有教养的女人？不管怎么说，她热衷于组织活动。

笑声消失了。

"他们要演剧吗？"曼瑞萨太太问。

"演剧，跳舞，唱歌，每样都有一点儿。"贾尔斯说。

"拉特鲁布女士是个精力充沛的人。"斯威辛太太说。

"她让每个人都有事干。"伊莎贝拉说。

"我们的角色嘛，"巴塞罗缪说，"是当观众。同样是非常重要的角色。"

"还有，我们供应茶水。"斯威辛太太说。

"我们要不要过去帮帮忙？"曼瑞萨太太说，"切切面包黄油什么的？"

"不用了，不用了，"巴塞罗缪说，"咱们就当观众。"

"有一年我们看的是《格顿大娘的针》①，"斯威辛太太说，"有一年是我们自己写的剧本。咱们的铁匠的儿子——托尼？汤米？——他的声音最美啦。住在'十字路宅'的埃尔西——她模仿得多好啊！把我们都给模仿了，巴特、贾尔斯、老薄脆——这是我的外号。人们有天才——很有天才。问题是——怎么把天才调动起来？这就是她——拉特鲁布女士——聪明过人的地方。当然啦，可以从全部英国文学当中选材。可是你怎么选呢？我经常在下雨天里开始计算，哪些书我读过，哪些书还

---

① 英国第二部诗体喜剧，出版于1575年。

没读过。"

"还把书弄得满地都是,也不收拾,"她的哥哥说,"就像故事里的小猪一样,要么就是小驴?"

她哈哈大笑,轻轻地拍着他的膝盖。

"那驴子不知是吃干草好还是吃萝卜好,结果给饿死了。"伊莎贝拉解释说,她这是故意找话来说,以协调她姑姑和她丈夫的关系,因为她的丈夫讨厌今天下午这种谈话。书打开了,得不出结论;他坐在观众席里。

"咱们接着坐吧,"——"咱们是观众。"今天下午,词语结束了平躺在句子里的状态。它们站了起来,咄咄逼人,向你挥起了拳头。今天下午他已不是前来观看村民本年度演出的那个贾尔斯·奥利弗了;他被铁链拴在一块岩石上,不得不观看无法形容的恐怖景象①。他面部的表情显示出这一点;而伊莎则不知说什么好,她突然打翻了一个咖啡杯,有几分故意。

威廉·道奇接住了掉下的咖啡杯。他握住杯子,停了片刻。他转了转杯子。杯底的釉面上有浅浅的蓝色印记,像是两把交叉的匕首,他看出杯子是英国货,可能是在诺丁汉郡制造的,日期大概是一七六〇年。他端详匕首图案并得出上述结论时的表情,正好给贾尔斯提供了又一个发泄愤怒的目标,就像一个人顺手把外衣挂到挂钩上一样。威廉·道奇是个爱奉承、爱谄媚的人;他绝不是个有正常判断能力的普通人,他喜欢捉弄人,变化多端;他善于玩弄感情,挑挑拣拣,犹犹豫豫;他不是个真诚地爱女人的那种男人——他的头快挨上伊莎的头了——他不过是一

---

① 评论家朱迪·丽丝认为,贾尔斯·奥利弗的处境类似普罗米修斯的处境。普罗米修斯是希腊神话中的巨人,因给人类偷取火种而得罪了主神宙斯,被用锁链拴在一块大石头上,每天被兀鹰啄食肝脏。

个——贾尔斯想到那个在公众场合不便说的词①,便噘起了嘴;他小手指头上的图章戒指显得更红了,因为他用力抓住椅子扶手时戒指周围的肉变白了。

"哎呀,多有意思啊!"曼瑞萨太太用清晰的高音喊道,"每样都有一点。一首歌、一个舞,然后是村民自己演的剧。不过,"她说到这里转过身,朝伊莎贝拉歪了歪头,"我相信剧本是**她**写的。对不对,贾尔斯太太?"

伊莎脸红了,忙说不是她写的。

"我自己呢,"曼瑞萨太太接着说,"说白了吧,我不懂怎么样把两个字放在一起。不知道是怎么回事——别看我是这么个话匣子,舌头挺管用的,我一拿起笔——"她做了个鬼脸,把手指头捏在一起做出拿笔的样子。可是她这样握的笔在小桌上根本挪不动。

"我写的字——那么大——那么笨——"她又做了个鬼脸,扔掉了那支看不见的笔。

威廉·道奇把刚才接住的那只咖啡杯小心翼翼地放回碟子上。"**他**呀,"曼瑞萨太太说,似乎是冲着他放杯子的小心劲说的,而且认为他写字也有同样的技巧,"字写得很漂亮。每个字母的造型都很完美。"

他们又都看着他。他马上把手放进口袋。

伊莎贝拉在猜测贾尔斯刚才没说出口的那个词。唔,如果威廉真如那个词所形容的那样,又有什么过错呢?为什么要相互评价呢?我们相互了解吗?不是在此时,不是在此地。而是

---

① 评论家马克·胡塞认为,贾尔斯无法说出口的词是"homosexual",意为"同性恋者"。

在别的地方,这朵云彩、这个外壳、这个疑虑、这粒尘埃——她等着韵脚蹦出来,但没有等到;可是在某个地方有一个太阳放光,毫无疑问,一切都会清楚的。

她的身子突然动了一下。笑声又向她飘来了。

"我感觉听见他们的声音了,"她说,"他们在做准备,正在灌木丛里换衣服呢。"

拉特鲁布女士在弯曲的白桦树之间来回踱步。她一只手插在上衣口袋里,另一只手拿着一张大裁纸①。她正读着纸上写的字。她的神态颇像一个在甲板上踱步的指挥员。那些弯曲别致的白桦树,银色的树皮上有一圈一圈手镯状的黑色纹路,它们一棵接一棵延伸开去,像一条轮船那么长。

会下雨呢,还是会晴天?太阳出来了;她把手遮在眼睛上方,那姿势正像一位将军站在军舰后甲板仪式区时惯用的姿势,她决定冒一次风险,把演出安排在露天进行。疑虑终于消除了。她发出命令,把全部舞台道具都从谷仓搬到灌木丛里。道具很快就搬好了。就在她踱来踱去,承担起一切责任,选择晴天而不希望下雨的时候,演员们正在黑莓丛中换衣服。笑声就是他们发出来的。

衣服都散放在草地上。用硬纸板做的皇冠、用银纸做的宝剑、用价值六便士的洗碟布做的头巾,摊在草地上,或挂在灌木上。树荫下有一摊一摊红色和紫色;银色在阳光下熠熠生辉。那些服装吸引了很多蝴蝶。红色和银色、蓝色和黄色,散发出温暖和甜香。红花蝶贪婪地吸吮洗碟布的油迹,白菜蝶痛饮银纸

---

① 英国规格 13.5 英寸×17 英寸的书写或印刷纸。

的冰凉。它们飞来飞去,尝尝这个,尝尝那个,又飞回来,每种颜色都要尝一尝。

拉特鲁布女士停下脚步,环视着整个场景。"它有一切必要的条件,可以……"她自语道。因为她总是刚写完一个剧本就计划下一个剧本了。她把手搭在眼睛上方,向四处眺望。蝴蝶在盘旋,光线在变化,孩子们在跳跃,母亲们在欢笑——"不行,我没想好。"她嘟囔着,又继续踱步。

他们私下里叫她"专横",正如叫斯威辛太太"薄脆"一样。她的唐突举止和粗壮身材,她的粗脚腕和结实的鞋子,她用低音喊出的快速决断——所有这些都"令人恼火"。谁都不喜欢单独受她支使。但作为小群体,他们需要求助于她。必须有一个人领头。那他们也就能把责任推到她身上了。如果下雨了怎么办?

"拉特鲁布女士!"现在他们和她打招呼,"你这是想表达什么意思啊?"

她停了下来。戴维和艾丽斯各有一只手放在留声机上。留声机必须藏起来,可是又必须离观众近一点,让他们能听见。哎,她不是已经吩咐过了吗?用树叶盖着的栏架在哪儿?把它们拿过来。斯特里特菲尔德先生说过他负责这件事。斯特里特菲尔德先生在哪儿呢?看不见有牧师呀。也许他还在谷仓里?"汤米,快点去,把他叫来。""汤米第一幕还得演出呢。""那就叫贝里尔去吧……"那些母亲在争吵。一个孩子选上了;另一个孩子没选上。人们总是喜欢金黄头发的人而不喜欢深色头发的人,太不公平了。伊伯里太太不许范妮参加演出,因为她得了荨麻疹。在这个村子里,荨麻疹还有另一种叫法。

鲍尔太太的农舍你大概不能称之为干净。上次大战期间,鲍尔太太和另一个男人同居,当时她的丈夫正在前线。拉特鲁布女士虽然很了解这些情况,但她不肯掺和进去。她扑通一声跳进那个细网,如同一块大石头掉进睡莲池。纵横交错的网线被扯断了。只有水下的草根对她有用。例如,虚荣心把他们都变得好支使了。男孩子们想扮演重要的角色;女孩子们想穿那些漂亮的服装。得减少花销。十英镑就到头了。这样一来就打破了常规。他们满脑子常规,不明白在露天地里一块用来缠头的擦碟布显得比真正的丝绸还富丽。因此他们争论不休;可是她不跟他们争。她一面等着斯特里特菲尔德先生,一面在白桦树中间溜达。

其他的树木都长得直挺挺的,很壮观。它们虽然不十分规则,但其大致规则的轮廓足以代表教堂里的廊柱;那是一个没有顶棚的教堂,一个露天大教堂;在那里,速飞的燕子与大致规则的树木相映成趣,似乎构成了一种图案,它们跳着舞,像俄国人那样,只不过不是伴着音乐,而是伴着自己狂跳的心脏的节拍,那节拍无人能听见。

他们的笑声消逝了。

"我们必须耐心地守住自己的灵魂,"曼瑞萨太太又说,"我们能帮忙搬椅子吗?"她说,同时往后瞟了一眼。

坎迪什、一个园丁,还有一个女仆都在搬椅子——是给观众搬的。没有什么事需要观众去做。曼瑞萨太太想打哈欠又憋了回去。他们都不说话。他们凝视着风景,似乎那块田里会发生点什么事来解除他们无法忍受的负担,那就是,和别人坐在一起却要保持沉默,无事可做。他们的身心靠得太近了,然而又近得不够。他们都各自感觉到:我们不能随意感知,不能随意思考,也还不能随意睡觉。我们靠得太近,然而又近得不够。所以他们坐立不安。

天更热了。云消散了。现在到处都是阳光。暴露在阳光下的风景变得扁平、静谧、沉寂。那些奶牛一动不动。那面砖墙虽已失去遮阳的阴影,但仍把星星点点的热量反射回去。奥利弗老先生深深地叹了一口气。他的头突然歪了一下,一只手垂了下去,离他身边的猎犬的头部不到一英寸。他随后把手移到膝盖上。

贾尔斯生气地瞪着眼睛。他紧抱着膝头,凝望着平坦的田野。他默默地坐在那里凝望着,瞪着眼睛。

伊莎贝拉感觉自己被囚禁了。几支爱与恨的钝箭,透过监狱的铁栏杆,透过使铁栏杆发生偏斜的蒙眬睡意,刺伤了她。透过其他人的身体,她既不能真切地感受爱,也不能真切地感受恨。她最有意识的感觉就是渴望喝水——她在午餐会上刚喝了甜酒。"一杯凉水,一杯凉水。"她反复说,而且她看见了水,周围是闪光的玻璃墙。

曼瑞萨太太多么希望能放松一下,找个角落蜷起身子休息一会儿,带上一个靠垫、一份带图画的报纸和一袋糖果。

斯威辛太太和威廉站在一边看风景,神态漠然。

要让这风景取胜,要反映出它的波澜,要让他们自己心里涌起波澜,这个想法多么诱人,太诱人了;啊,要让初步设想继续延伸,然后,猛地用力,把它抛出去。

曼瑞萨太太退后,猛抛,猛冲,然后突然止步。

"这景色多美啊!"她感叹道,一面装作弹烟灰,实际上是掩盖打哈欠。然后她叹了口气,假装她不是困倦,而是表达一种情感,与她对风景的感受有关。

对她的话,谁都没有回应。平坦的田野闪烁着绿黄色、蓝黄色、红黄色,然后又是蓝色。这循环往复的变化毫无意义,使人不快,令人厌倦。

"那么,"斯威辛太太低声说,似乎说话的时刻到来了,似乎她曾经做出过承诺,现在该兑现了,"来吧,来吧,我带你们参观宅子。"

她并没有叫谁。可是威廉·道奇知道她这话是冲着他说的。他身子一晃,站了起来,就像一个玩具突然被绳子拉直了。"精力多充沛呀!"曼瑞萨太太半叹息半打哈欠地说。"我有勇气跟着去吗?"伊莎贝拉问自己。他们要走了,而她最渴望的则是喝凉水,一杯凉水;可是欲望逐渐减小了,被她对众人负有的沉重责任压抑下去了。她看着他们走开——斯威辛太太踉踉跄跄,可还是迈着快步;道奇则挺直了身子,在斯威辛太太旁边迈着大步,沿着被晒热的墙壁下面的火辣辣的瓷砖路大踏步走去——直到他们来到波因茨宅的阴影下。

一个火柴盒掉了——是巴塞罗缪的。他松开手指头,盒子就掉了。他放弃这个游戏了;他不能被人打扰。他的头偏向一边,一只手垂在狗的头部上方,他睡着了,他打鼾了。

斯威辛太太在大厅里那些带镀金桌脚的桌子中间停了下来。

"这是主楼梯,"她说,"现在——咱们上去吧。"

她率先上楼,比她的客人早上两级楼梯。他们上楼时,那长长的黄色锦缎张开了,拂过一幅有裂痕的油画。

"这贵妇人不是我们的祖先,"斯威辛太太说,他们这时已走到与肖像头部平行的位置。"可是我们都说她是个祖先,因为我们认识她——哎呀,已经有这么多年了。她是谁呢?"她目不转睛地看着画像。"是谁画的呢?"她摇了摇头。阳光倾泻在贵妇人身上,使她显得光彩照人,像是要去赴宴。

"可是我最喜欢看她在月光下的样子。"斯威辛太太若有所思地说,同时又迈上几级楼梯。

她一边上楼,一边轻轻地喘着气。然后她在楼梯驻脚台上抚摸墙上凹进去的书本图形,就像抚摸排箫。

"这些都是诗人,我们通过心灵成为他们的传人,呃……先生。"她小声说。她忘了他的名字。然而她还是在众人中把他挑了出来。

"我哥哥说,当初他们把这所房子盖得朝北,是为了避风,没有考虑让它朝南多见阳光。所以这些书本在冬天很潮湿。"她停顿了片刻,"现在该看什么啦?"

她停下脚步。那里有一扇门。

"这是晨会室。"她打开屋门,"是我母亲接待客人的地方。"

在刻有精细凹槽的壁炉架两边,各有一把椅子,对面放着。他从她的肩头上看过去。

她关上了屋门。

"上楼,再往上。"他们又上楼了。"他们上呀上,"她气喘吁吁,似乎看见了一支隐形的队伍,"上楼去上床。"

"一个主教,一个旅人——我连他们的名字都忘了。我忽略了。我忘记了。"

她在走廊的一扇窗前停下来,把窗帘往后拉。下面是沐浴着阳光的花园。小草茁壮,闪着光亮。有三只白鸽在调情,它们小心翼翼地挪着步子,那仔细劲儿活像穿着跳舞裙子的小姐。它们粉红色的小爪子在草地上迈碎步的时候,优雅的身子摇来晃去。突然间,它们扑着翅膀飞上天空,转了一圈便飞走了。

"现在去看卧室吧。"她说。她敲了两下门,声音非常清晰。她歪着头,仔细听着。

"我一向不知道,"她小声说,"屋里有没有人。"随后她猛地打开屋门。

他有点盼望看见里面有人,光着身子,或是衣冠不整,或是跪着祈祷。可是这间屋子里空无一人。屋子非常整齐,有好几个月没住过人,是个富余的房间。梳妆台上立着蜡烛。床罩很整洁。斯威辛太太停在床边。

"在这儿,"她说,"对,就在这儿,"她轻轻地拍着床罩,"我出生在这儿。就在这张床上。"

她的声音消失了。她在床边坐下。毫无疑问,她累了,是因为爬楼梯,因为天气热。

"可是,我认为,我希望,我们还有别的生命,"她自语道,"呃……先生,我们生存在别人的生命里,我们生存在万物之中。"

她说得很简单。她说得很费力。听她说话的口气,她似乎必须克服疲劳,为了对一个陌生人、一个客人表示仁爱。她忘了他的名字。有两次她在说"先生"之前停了一下。①

这间屋里的家具是维多利亚中期的,可能是在四十年代从梅波尔家具店买来的。地毯上散布着紫色斑点。在脸盆架旁边有一个白色的圆圈,说明那是过去放泔水桶的位置。

他可以说"我叫威廉"吗?他希望可以。她尽管年老体衰

---

① 此句的原文是:"Twice she said 'Mr' and stopped."斯威辛太太忘记了道奇先生的姓,只好说:"Mr…"。由于汉语是先说姓,后说"先生",因此这一句的译文做了相应的变动。

54

还是爬上了楼梯。她说出了心里话,不注意也不在乎他是否认为她无足轻重,好动感情,而且愚蠢,其实他正是这样认为的。她伸出援助之手,帮他登上了一个很陡的地方。她猜到了他的烦恼。他坐在床上听她摆动着小腿唱着:"过来看我的海带,过来看我的贝壳,过来看我的小鸟跳上树梢。"——这是一首用来哄小孩的老童谣。他站在房角的橱柜旁边,看见她映在玻璃上的形象。他们两人的眼睛都与身体隔绝开来了,与身体隔绝的眼睛向玻璃上映出的眼睛传达着笑意。

随后她溜下了床。

"现在,"她说,"该看什么呢?"然后轻手轻脚地沿着走廊快步走去。一扇门敞开着。大家都在外面花园里。这间屋子就像一艘被船员遗弃的大船。孩子们刚才在这里玩耍过——地毯中间有一个带斑点的木马。保姆刚才在这里缝过衣服——桌子上有一小块麻布。小婴孩刚才在儿童床上。现在那张床是空的。

"这是保育室。"斯威辛太太说。

词语升华了,具有了象征意义。她似乎在说:"我们民族的摇篮。"

道奇走到屋子另一边的壁炉前,去欣赏钉在墙上的《圣诞节年刊》上的纽芬兰狗。屋里弥漫着温馨的气味,那是晾着的衣服的气味、牛奶的气味、饼干和温水的气味。那张画的名字是《好朋友》。从敞开的门口突然传来一阵声音。他转过身去。老太太已经出了屋子进了走廊,背靠在窗户上。

他让屋门敞着,以便"船员们"回来;他走到她的身边。

就在窗户的下边,在院子里,汽车云集。狭窄的黑色车顶聚集在一起,就像地板上的方块图案。司机们跳下车来;老妇人们颤巍巍地伸出了腿,腿上是黑袜子,脚上是带银扣的鞋子;老先生们也颤巍巍地伸出了腿,腿上是带条纹的裤子。穿短裤的小伙子们从汽车的一边跳出来;腿上有肉色长袜的姑娘们从另一边跳出来。从黄色的沙砾路上传来引擎的嗡嗡声和车轮转动的声音。观众也集合起来了。可是他们两人却是逃学的孩子,趴在窗口往下看,对此情景无动于衷。他们两人一起把半个身子探出窗口。

这时一阵微风吹来,所有的薄布窗帘都啪啪响着飘向窗外,就像某个尊贵的女神在其他神灵的簇拥下从宝座上站起来,甩动琥珀色的衣裙,而其他神灵看见她站起来走了,便大笑起来;他们的笑声托着她向前飘去。

斯威辛太太捂住头发,因为微风把它吹乱了。

"呃……先生。"她开口说。

"我叫威廉。"他打断了她。

她听见这话笑了,像个绝色的女孩,似乎微风把她眼中的冷蓝色加热成了琥珀色。

"威廉,"她抱歉地说,"我把你从朋友身边带到这儿来,因为我觉得这儿紧绷绷的……"她摸了摸骨骼突出的额头,上面有一根蓝色的静脉在蠕动,像蓝色的毛虫。可是她那双深陷在眼眶里的眼睛依然发出柔和的光。他只看见了她的眼睛。他希望跪在她面前,吻她的手,并且说:"斯威辛太太,上中学的时候,他们揭着我,用一桶脏水泼我;斯威辛太太,等我抬起头来的时候,整个世界都是肮脏的;所以我就结了婚;斯威辛太太,可是我的孩子不是我的。斯威辛太太,我是半个男人;斯威辛太太,我是草丛里的一条小蛇,闪着暗光,心里充满矛盾;正如贾尔斯见到的那样;可是你治好了我的创伤……"这些都是他想说的话,可是他什么都没说出来;微风笨拙地穿过走廊,把窗帘全都掀到了窗外。

他们两人再一次看着下面的黄色沙砾小路,小路在大门口周围呈新月形。她向外探身之时,阳光照射到她的项链坠上,小十字架来回晃动。她怎能让这个光亮的象征把自己坠下去呢?她是那么爱激怒,那么爱流浪,怎么能把这个形象烙在自己的身上呢?由于他看着小十字架,他们两人就不再是逃学的孩子了。下面汽车轮子的嗡嗡声变成了人声,似乎在说:"快,快,快,不然就迟到了。快,快,快,不然就没有好位子了。"

"啊,"斯威辛太太喊道,"斯特里特菲尔德先生来了!"他们看见一个教士,高大健壮的教士,扛着一个栏架,缠着叶子的栏架。他在汽车之间大步穿行,神态像一个权威人士,他被人们等待期盼已久,现在终于来了。

"时间到了,"斯威辛太太说,"该去参加——"她没有说完这句话,她似乎三心二意,她的心向右飞,向左飞,像鸽子从草丛中飞起。

观众正在集结。他们像溪流一样涌进几条小路,然后分散开穿越草坪。有些人已衰老,有些人正年富力强。在人流中也有小孩子。正如菲吉斯先生(《旅游指南》作者——译者注)可能观察到的那样,他们中间有我们最尊敬的家族的代表——登顿宅的戴斯家族、奥尔斯维克宅的威克海姆家族等等。有的家族已经在这里住了几个世纪,从未出卖过一英亩土地。另一方面,也有新来的家族,像曼瑞萨家族,他们把旧房子装修一新,增添了浴室。还有零星的外来户,如科布斯科纳宅的科贝特;大家都明白,他已经退休了,靠茶园发的养老金维持生活,算不上有资产。他自己做家务,自己经管庭院。村子附近正在建设的汽车厂和小型飞机场已经吸引来一些单身的流动居民。还有佩奇先生，他是当地小报的记者。然而，总的来讲，假如菲吉斯本人到场点名的话，在场的女士和先生中有一半人会说："Adsum①，到，我是代表我的祖父或曾祖父来的。"情况很可能会这样。就在这一时刻，一九三九年六月的一天，下午三点半钟，他们互相打着招呼；他们尽量找挨着的座位，落座时他们说："派伊斯角上那幢新房子太难看了！真是个眼中钉！还有那些平房！——你看见过吗？"

同样，假如菲吉斯点普通村民的名字，他们也会答应的。桑兹太太的娘家是伊利夫家族。坎迪什的母亲是佩里家族的成员。教堂院里那些绿色土丘是他们家的鼹鼠挖洞撩土造成的；几个世纪以来，鼹鼠洞已使土壤变得松散了。斯特里特菲尔德先生在教堂点名时，确实有人缺席。摩托车、公共汽车、电影——斯特里特菲尔德先生点名时，把一切归罪于它们。

台地上已经摆好了一排排的椅子，有帆布椅、镀金椅、租来的藤椅以及当地制造的花园椅。椅子很多，足够大家坐的。可是有些人还是愿意坐在地上。当初拉特鲁布女士说"这是演露天历史剧的合适地点"时，她肯定说的是实话。那草坪像剧场的地板那么平坦。那台地高出一块，是天然的舞台。那些树木构成了舞台上的廊柱。有蓝天作背景，人物显得非常突出。至于天气嘛，尽管人们有这样那样的猜测，最终还是晴朗起来了，非常晴朗。简直是完美的夏日午后。

"运气真好！"卡特太太说，"去年……"此时演出开始了。这是话剧的音响吗？或者不是？从灌木丛里传来嚓、嚓、嚓的声音。是机器出毛病的响声。有些人赶紧坐下了；其他人愧疚地

---

① 此词为拉丁语，意为"到""来了"。

停止了谈话。大家都望着灌木丛。因为台上什么都没有。嚓、嚓、嚓,留声机在灌木丛中发出单调的声响。就在他们紧张地看的时候,就在一些人刚说完话的时候,一个小姑娘上场了,她像一朵粉红色的玫瑰花蕾;她来到一个悬挂着树叶的半圆形穹顶后面,站到一块草垫上,高声说:

老爷们,老乡们,我对你们所有的人说……

这么说是话剧啦。或者是序幕吧?

到这边来,参加我们的节日聚会(她继续说)
大家可能明白,这是露天历史剧,
取材于我们岛国的历史。
　　我是英格兰。……

"她是英格兰。"他们悄声说。"开始了。""是序幕。"他们低头看着节目单又说。

"我是英格兰。"她再次高声说,然后停下来。

她忘记台词了。

"嘿!嘿!"一个穿着白色西服背心的老头轻快地说,"好啊!好啊!"

"真该死!"藏在树后的拉特鲁布女士诅咒说。她逐个审视第一排的观众,他们瞪着眼,就像遭了霜打,僵在同一个平面上动弹不得。只有奶牛饲养员邦德显得自然而放松。

"音乐!"她发出信号,"音乐!"可是留声机还是嚓、嚓、嚓地响。

"一个刚诞生的小孩……"她给小姑娘提词。

"一个刚诞生的小孩,"菲利斯·琼斯接着说,
　　"跳出大海;

暴风雨掀起的海浪

把本岛与法德两国

分隔开来。"

她回过头扫了一眼。嚓、嚓、嚓,留声机仍然发出单调的声响。许多村民穿着用粗麻布做的衬衫排成长长的一列,开始穿行于她身后的树木之间。他们唱着歌,可是没有一句歌词能传到观众耳朵里。

"我是英格兰,"菲利斯·琼斯面对观众继续说,

"现在是个又小又弱的

孩子,大家都能看出来……"

她的台词洒进观众之中,就像许多坚硬的小石子突然落下来。坐在正中间的曼瑞萨太太笑了,可是她感觉自己笑的时候皮肤好像开裂了。在她和那些唱歌的村民以及那个高声朗诵的小女孩之间有一个巨大的空间。

留声机仍然嚓、嚓、嚓地响,就像热天里小麦粉碎机的声音。村民们还在唱,可是有一半歌词都被风吹走了。

开山修路……我们爬呀……爬到山顶。下面的山谷里……母猪、野猪、肉猪、河马、驯鹿……我们翻地,直到山顶……犁掉石头间的草根……犁耕小麦……直到我们自己也……躺到地——下……

歌词逐渐散去。嚓、嚓、嚓,留声机有节奏地响着。它终于奏出了一支小曲!

全副武装抗击命运

勇敢的罗德里克

全副武装斗志强

大胆又吵嚷

坚定又激昂

瞧那些武士——他们来了……

这一夸张的流行小曲发出刺耳的声音。拉特鲁布女士在树后观察着一切。肌肉放松了;沉默打破了。坐在观众席中间的那位健壮的夫人开始敲着椅子打拍子。曼瑞萨太太轻声哼着:

我家在温莎,靠着小旅店。

"皇家乔治"就是酒馆名。

小伙子,你们要相信我,

我不想让人问起……

她漂浮在旋律的河流之中。这位大自然的野孩子是今天节日的女王,她身上的皇家品格、自负和好脾气放射到四面八方。历史剧已经开始了。

可是演出受到了干扰。"哎呀,"拉特鲁布女士在树后低声叫,"这些干扰简直太折磨人了!"

"对不起,我来晚了。"斯威辛太太说。她挤过一排排椅子,坐到她哥哥旁边的位子上。

"演的是什么?我没赶上序幕。英格兰?那个小女孩?现在她要下场了……"

菲利斯已经悄悄地走下了草垫子。

"咦,这是谁呀?"斯威辛太太问。

是希尔达,木匠的女儿。她现在站到了英格兰刚才站的地方。

"啊,现在英格兰长成了……"拉特鲁布女士给她提词。

"啊,现在英格兰长成了一个少女。"希尔达唱了起来。

("嗓子多好呀!"有人惊叹地说。)

> 玫瑰花儿戴头上,
> 野玫瑰啊,红玫瑰,
> 她在小巷漫步走,
> 挑选花环戴头上。

"靠垫?太谢谢了。"斯威辛太太说,一面把靠垫塞到背后。然后她往前倾了一下身子。

"我猜,那是乔叟①时代的英格兰,她一直在采鲜花,采坚果。她头上戴着花……可是那些从她身后走过的人——"她指着那些人说,"是坎特伯雷的朝圣客吧?看啊!"

从演出开始到现在,那些村民一直在树木中间穿来穿去。他们在唱着歌,可是只有零星的词语能听得见:"……草地上磨出辙痕……小巷里建起房子……"风儿吹跑了他们的歌词里的连接词;随后,当他们走到最边上的一棵树时,他们唱道:

> "相爱的人……信教的人……我们来到……圣贤的祭坛……来到这坟墓……"

他们分成了几个小组。

随后响起了沙沙声,出现了干扰。有人把椅子往后拉。伊莎回过头看发生了什么事。是鲁珀特·海恩斯先生和太太来了,他们因车子半路出故障而来晚了。他就坐在右边,在几排以后,那个穿灰衣服的男人。

与此同时,那些朝圣客已经朝拜过了那座坟墓,现在好像是

---

① 乔叟(1343—1400),英国诗人。他的名著《坎特伯雷故事》叙述一群朝圣客去坎特伯雷朝圣途中讲的故事。

在用耙子扬干草。

> 我亲了个姑娘就放她走,
> 把另一个姑娘撂倒在地,
> 在麦草堆里,在干草堆里……

——这就是他们用耙子扬着看不见的干草时所唱的歌,这时她又环顾四周。

"演的是英国历史的几个场景。"曼瑞萨太太对斯威辛太太解释说。她快乐地大声说话,好像斯威辛太太耳聋似的。"快乐的英格兰。"

她热烈地鼓掌。

那些歌唱演员一路小跑进了灌木丛。曲子停了。嚓、嚓、嚓,留声机有节奏地响着。曼瑞萨太太看了看手中的节目单。照这样演下去,这个历史剧得演到半夜,除非他们跳过几个历史时期。早期的不列颠人、金雀花王室①、都铎王室②、斯图亚特王室③——她把这几个都勾掉了,不过她也可能漏掉了一两个王朝。

"规模真够大的,是不是?"她对巴塞罗缪说,与此同时,他们都在等待。嚓、嚓、嚓,留声机在响。他们能说话吗?他们能走动吗?不能,因为话剧还在进行当中。然而,舞台上却空无一人;只看得见奶牛在草场里走动;只听得见留声机针头的嗒嗒声。这嗒、嗒、嗒的声音好像把他们拢在了一起,使他们着迷。

---

① 金雀花王室,1154年至1485年间所有的英国国王隶属的家族名称。
② 都铎王室,1485年至1603年间统治英格兰的王室名称。
③ 斯图亚特王室,1371年至1714年间苏格兰历代国王和女王都属于斯图亚特家族。

舞台上什么都没有出现。

"我原先没想到咱们看起来有那么好。"斯威辛太太对威廉耳语道。她没想到过吗？那些孩子、那些朝圣客、朝圣客身后的树木、树木后面的田野——这个放眼可见的世界是如此美丽，他感到无比惊喜。嗒、嗒、嗒，留声机还在响。

"简直是在原地踏步。"奥利弗老先生用很小的声音说。

"对我们来说，不存在原地踏步的问题，"露西小声说，"我们只拥有现在。"

"那还不够吗？"威廉问自己。美丽——那还不够吗？可是伊莎在这里不安地挪动着身子，两只裸露的棕色胳膊紧张地伸到头上。她在座位上半扭着身子。她似乎在说："不够，对我们来说是不够的，我们还有未来。"未来正干扰着我们的现在。她在找谁呢？威廉转过身，顺着她的目光看过去，只看见一个穿灰衣服的男人。

嗒嗒声停止了。一支舞曲在留声机上奏响。伊莎跟着舞曲的节奏哼唱着："我要求什么？ 要求飞走，离开夜与日，来到一个地方，那里没有别离，人们目光相遇，而且……哎呀，"她大声喊，"看她呀！"

大家都在鼓掌，哈哈大笑。从灌木丛后面走出来伊丽莎白女王①——是伊莱莎·克拉克，那个持许可证卖烟草的女人。她真是村里小店的克拉克太太吗？她化装得真漂亮。她那缀满珍珠的头部挺在白色大硬领上。闪光的软缎包裹着她的全身。几枚廉价的胸针闪着耀眼的光芒，酷似猫眼石和虎眼石；珍珠俯视着一切；她的斗篷是银色棉布做的——实际上是擦炒锅用的

---

① 指伊丽莎白一世（1533—1603），英格兰和爱尔兰女王。

棉纱布。她看起来俨然是她那个时代的化身。她站到舞台中央的肥皂箱上,那箱子大概代表海中的礁石;她庞大的身躯使她显得像个巨人。平时在小店里,她一抬胳膊就够得着一大块火腿,或拖得动一大桶油。她在箱子上站了一会儿,气度非凡,独具威严,身后是一片蓝天和飘动的白云。微风又刮起来了。

这个伟大国家的女王……

——这是人们在笑声和掌声的喧闹当中最先听到的几个字。

> 航船的女主人,统领着大胡子男人,(她大声喊道)
> 霍金斯、弗罗比歇、德雷克①,
> 把他们的柑橘、银元宝、
> 成船的钻石和金币
> 卸在栈桥上,在这西方国度,——
> (她用拳头指着湛蓝的天空)
> 山峰、尖塔和宫殿的女主人——
> (她一扫胳膊,指向波因茨宅)
> 莎士比亚为我歌唱——
> (一头奶牛哞哞叫。一只小鸟喳喳叫。)
> 歌鸫鸟、槲鸫鸟,(她继续唱道)
> 在绿色树林,在野生树林,
> 唱着颂歌,赞扬英格兰,赞扬女王,
> 然后,从温莎到牛津,
> 在花岗岩和大卵石上,

---

① 霍金斯(1532—1595),英格兰海军行政官和司令官,早年经营非洲贸易。弗罗比歇(1535—1594),英格兰航海家。德雷克(1540—1596),英格兰环球航海家、海军司令官。

>人们还听见了
>
>高笑声,低笑声,
>
>出自武士和恋人,
>
>出自斗士和歌者。
>
>灰头发的婴儿
>
>(她伸出黝黑的、肌肉强健的手臂)
>
>舒服地伸展胳膊,
>
>当出海的人们
>
>从小岛回到家中……

这时微风拽了一下她的头饰。头饰由于有一圈圈的珍珠而上重下轻。她不得不用手扶着白色硬领,以防被风刮跑。

"笑声,大笑声。"贾尔斯嘟囔着。留声机的乐曲东摇西晃,似乎陶醉在快乐之中。曼瑞萨太太开始用脚打拍子,跟着节奏哼唱起来。

"好啊!好啊!"她喊道,"老家伙还有活力呢!"①她放肆地唱出了那首歌的歌词;那歌虽然粗俗,却给"伊丽莎白时代"帮了大忙。因为用于固定白色硬领的别针开了,而且大伊莱莎②还忘了台词。可是观众的笑声如此之大,也就没关系了。

"我怕我的头脑有点儿不大健全。③"贾尔斯和着同一支曲子的节拍嘟囔着。歌词浮出表面——他记得"有一头沮丧的鹿,世界上最粗鲁的蔑视,已将刺扎进它那瘦削的身躯……音乐被逐出节日,就成了讽刺……有一个人经常出没坟场,猫头鹰冲着他叫,常春藤把他嘲笑,敲得窗玻璃啪啪响……因为他们已

---

① 一首创作于1878年的歌曲,词作者为 W. T. 赖顿(1816—1880)。
② "伊莱莎"是"伊丽莎白"的昵称。"大伊莱莎"指剧中的"伊丽莎白女王"。
③ 此句出自莎士比亚戏剧《李尔王》第四幕第七场。

死,而我……我……我。"他重复着,因为忘了词,同时还生气地瞪着露西姑妈;她坐在那里伸着脖子张着嘴,拍着瘦骨嶙峋的小手。

他们笑谁呢?

显然是笑村里的傻子艾伯特。没有必要给他化装。他过来了,表演得恰到好处。他悠闲地穿过草地,做出擦地和修剪草坪的动作。

  我知道山雀窝在哪儿,(他开始唱道)
  在树篱之中,我知道,我知道——
  我有什么不知道的?
  你们的一切秘密,女士们,
  还有你们的一切秘密,先生们……

他蹦蹦跳跳地来到前排观众面前,逐个斜瞟他们。现在他拉扯大伊莱莎的裙子。她抓他的耳朵。他揪她的后背。他高兴得要命。

"艾伯特真是高兴极了。"巴塞罗缪嘟囔说。

"希望他别犯病。"露西小声说。

"我知道……我知道……"艾伯特傻笑着说,一面围着肥皂箱蹦来蹦去。

"这是村里的傻子。"一个健壮黝黑的夫人悄声说——那是埃尔姆赫斯特太太——她来自十英里外的一个村庄,他们村里也有一个傻子。这可不好。要是他突然干出什么可怕的事来呢?他又在拽女王的裙子。她用手半捂着眼睛,以防他真的干出——什么可怕的事来。

  霍泊提,吉格提,(艾伯特接着说)

从窗户进,从大门出,

小鸟听见了什么?(他把手指头放进嘴里吹着口哨。)

看啊!那边有一只老鼠……

(他做出在草丛里追老鼠的姿态。)

现在时钟敲响了!

(他站得笔直,鼓起两腮,像吹蒲公英球一样。)

一、二、三、四……

他蹦跳着走开了,好像他的戏演完了。

"很高兴这可完了。"埃尔姆赫斯特太太说,一面把手从脸上拿开,"下面是什么?是塑像剧吗?"

因为扛着栏架快步走出灌木丛的帮忙的人已经用屏风围住了女王的宝座;屏风是纸糊的,代表墙壁。他们还在地上撒了灯芯草。仍在背景处走动吟诵的朝圣客们已经聚集到站在肥皂箱上的伊莱莎形象周围,似乎扮演看剧的观众。

他们是不是要在伊丽莎白女王面前演剧?也许这就是环球剧场①吧?

"节目单上是怎么说的?"赫伯特·温思罗普太太问,一面举起长柄眼镜。

她看着模糊不清的复写誊印纸,含混地念着上面写的字。对,这是一个话剧里的一场。

"关于一个假公爵的事,还有一个女扮男装的公主;后来人们发现失踪了很久的遗产继承人就是那个乞丐,因为他脸上有个痣;还有卡林西娅——那是公爵的女儿,只不过被丢在山洞里了——她爱上了费迪南多;费迪南多在襁褓里就被一个老太婆

---

① 1599 年建于英国伦敦的著名剧场,莎士比亚的杰作最先在那里上演。

装进了篮子。卡林西娅和费迪南多结了婚。我想剧情就是这样。"她说,并放下节目单抬起头来。

"开始演剧。"大伊莱莎下了命令。一个老太婆颤巍巍地走上前来。

("是住在'尽头宅'的奥特太太。"有人小声说。)

老太婆坐到一个包装箱上,做了些动作,她揪着自己凌乱的卷发,左右摇晃,像是一个坐在壁炉角的老奶奶。

("这个老太婆救了那位合法继承人。"温思罗普太太解释说。)

那是一个冬天的夜晚,(她嗓音嘶哑地说)
我提醒自己:无论是夏是冬,对我来说都一样。
你说太阳现在照着?那我相信你,先生。
"啊,可现在是冬天,到处都是雾气。"
无论是夏是冬,对埃尔斯白来说都一样,
坐在壁炉旁,坐在壁炉角,数着念珠。
我有理由告诉他们,
每一颗念珠(她用拇指和食指捏着念珠)
都代表一桩罪行!
那是一个冬天的夜晚,在鸡叫时分之前,
然而鸡确实叫了,在他离开我之前——
那个用帽子遮脸的男人,那双血迹斑斑的手,
还有放在篮子里的婴儿。
"咯咯,"他笑了,像是说,"我要玩具。"
可怜的自作聪明的人!
"咯咯,咯咯!"我不能杀他!

> 为了这个,天国的玛利亚饶恕我
> 在鸡鸣时刻之前犯下的罪孽!
> 在黎明中我悄悄溜下河边,
> 在那里,海鸥盘旋,白鹭站在
> 沼泽边缘,像个木桩……
> 谁来啦?
> (三个小伙子大摇大摆地上场,并且威胁她)
> ——"先生们,你们是来折磨我的吗?"
> 我这胳膊里可没有血,
> (她从破烂的内衣里伸出骨瘦如柴的胳膊)
> 天国的圣贤保护我吧!

她大声喊。小伙子们也大声喊。他们一起大声喊,声音是如此之大,很难听得出他们说的是什么:看来他们是说:她是否记得二十年曾把一个躺在摇篮里的婴儿藏在灯芯草丛里?一个放在篮子里的婴儿,老太婆!一个放在篮子里的婴儿?他们大喊。她回答:风在嚎叫,鸺鸟在尖叫。

"我这胳膊里可没有血。"伊莎贝拉重复道。

她就听见了这一句。台上简直乱了套:老太婆耳聋,三个年轻人大喊,情节又乱,弄得她不知所云。

情节重要吗?她挪了挪身子,回头看看右后方。有情节不过是为了孕育情感。只有两种情感:爱与恨。没有必要花心思去弄清情节。拉特鲁布女士把这个秘结从中间掐断,也许就是这个意思吧?

别管情节了,情节毫无意义。

可是又发生什么事了?王子已经上场了。

老太婆撩起王子的袖子,认出了他胳膊上的痣;然后她跟跟跄跄地走回自己的椅子,并尖叫:

我的孩子!我的孩子!

接着就是两人相认。年轻的王子(艾伯特·佩里饰)被老太婆枯萎的手臂搂得差点窒息。然后他突然挣脱了。

"看,她来了!"他喊道。

大家都朝那个方向看——她是希尔维娅·爱德华兹,她穿着一身白色软缎衣裙。

谁来啦?伊莎看了看。夜莺之歌?夜晚黑色耳朵上的珍珠?蕴含着爱。

大家都举起了胳膊,大家都瞪大了眼睛。

"你好,可爱的卡林西娅!"王子说,一面摘下帽子甩了一下。她也如此行了脱帽礼,并抬起头说:

"我的恋人!我的君主!"

"这就够了。够了,够了。"伊莎反复说。

其他的话都是啰唆,都是重复。

与此同时,那个老太婆因为话已说够便坐回到椅子上,一串念珠从她手上垂了下来。

"看看那个老太婆——老埃尔斯白病了!"

(他们把她团团围住)

先生们,她死了!

她向后倒下,一动不动。众人走开了。平静了,让她去吧。对她来说,冬天夏天都一样。

平静是第三种情感。爱,恨,平静。这三种情感构成了人生的倾向。现在神甫来了,他戴着用棉花做的八字胡,说话很受影响;他走上前来宣读赐福祈祷词。

从缠着人生乱线团的纺纱杆上,把她的手松开。
(他们松开了她的手)
关于她的懦弱,现在要一概忘记。
叫红胸旅鸫和鹪鹩到这儿来①。
玫瑰花落在你绯红的枢衣上。
(人们从藤篮里拿出花瓣抛撒出去)
盖上遗体。安息吧。
(他们盖上了老太婆的遗体)
英俊的先生们,(他转向那对快乐的年轻人)
让老天爷撒下对你们的祝福!
快些行动,赶在嫉妒的太阳
揭开夜幕之前。让音乐响起来,
让天国自由的空气载着你们去睡觉!
带头跳舞吧!

留声机响起刺耳的声音。那些公爵、神甫、牧羊人、朝圣客和佣人们手拉着手跳起了舞。傻子也在圈子内外跳来跳去。他们手拉着手、头碰着头,围着伊丽莎白时代的高贵女王形象跳

---

① 此句出自约翰·韦伯斯特(约1578—约1632)的戏剧《白魔》第五幕第四场。

舞；体现这一形象的是站在肥皂箱上的克拉克太太，那个持许可证卖烟草的女人。

这是一个由各色人等和多种舞曲构成的杂乱场面；斑驳的光影落在那些跳动、摆动、摇晃的胳膊和腿上，它们有一部分被衣服遮盖，色彩异常鲜艳，（在威廉看来）构成了一幅迷人的景象。他用劲鼓掌，直到把手拍疼。

曼瑞萨太太鼓掌声音很大。从某种意义上讲，她就是女王，而他（贾尔斯）则是愠怒的英雄。

"好！好！"她喊道，她的热情使那位愠怒的英雄在座位上直扭身子。随后，坐在巴斯轮椅上的大个子夫人一边鼓掌，一边大笑。她嫁给本地的一个贵族之后，败坏了他的家族在很久以前（在教堂这块地方还长满黑莓和蔷薇的时候）树立起来的声望，尽管那个贵族头衔已一钱不值了。她是那么土气，就连她那被关节炎损伤的身体都酷似濒临灭绝的、昼伏夜出的笨拙野兽。她突然爆发出的笑声活像松鸦的惊叫。

"哈、哈、哈！"她笑着，并抓住轮椅把手，她的手是扭曲的，没戴手套。

采春花，采春花，他们大喊，进去，出来，转圆圈，采春花，采春花……

歌词是什么或谁唱什么都无关紧要。他们旋风般地转啊，转啊，陶醉在乐曲声中。然后，藏在树后的拉特鲁布女士发出信号，舞蹈就停止了。演员们组成了游行队伍。大伊莱莎走下肥皂箱。她手提着裙子，迈着大步，周围是公爵和亲王，后面跟着那一对挽着胳膊的恋人，傻子艾伯特做着滑稽动作在队伍里穿来穿去，队伍最后是装运老太婆尸体的灵车，至此，"伊丽莎白时代"就过去了。

"见鬼！混蛋！他妈的！"拉特鲁布女士很气愤,她的脚趾碰上了树根。这是她失败的地方,该幕间休息了。当初她在自己的小楼里写这个冗长而含混的剧本时,曾经同意演到这里中断一下;她简直是观众的奴隶——不得不考虑桑兹太太提的意见——关于下午茶,关于正餐;她已经把这场戏从这里截成了两段。她刚培养起来的感情就得中断了。于是她发出信号：菲利斯！菲利斯一听叫她,就飞快地站回到舞台中间的草垫上。

老爷们,老乡们,我对你们大家说,(她高声说)
我们这一幕演过了,我们这一场结束了。
老太婆和恋人的时代已经过去。
花蕾已经绽放;花朵已经跌落。
可是又一个黎明很快就会来临,
因为时间(我们都是它的小孩)
自有它的安排,你们将会看到,
你们将会看到……

她的声音向四处飘散。谁都没有听她的台词。他们都在低头看节目单上写的"幕间休息"。这时麦克风打断了她的话,用简单的英语宣布："幕间休息"。休息半小时,去喝茶。随后留声机传出刺耳的声音：

全副武装抗击命运,
　　勇敢的罗德里克,
大胆又吵嚷,
　　坚定又激昂,等等,等等。

观众听见歌声便开始行动。有的迅速站起来,有的弯腰去拿手杖、帽子、手提包。然后,他们直起身,向后转,这时音乐转了调。它吟唱:我们离散了。它呻吟:我们离散了。它哀叹:我们离散了。这时人流穿过草地,涌向几条小路:我们离散了。

曼瑞萨太太继续唱着这支曲子。我们离散了。"自由地、勇敢地离散,不惧怕任何人"(她挪开一把挡路的帆布折叠椅)。"小伙子们和姑娘们"(她向后瞟了一眼,可是贾尔斯已经转过了身)。"跟着,跟着,跟着我……啊,帕克先生,在这儿见到你真是太高兴了!我正要去喝茶!"

"我们离散了,"伊莎贝拉哼着这曲子,跟在她的后面,"一切都结束了。浪花拍岸。我们被困在干燥的高地。各人被单独隔离在圆石上。三股索断了……现在我要跟着,"(她把自己的椅子推了回去……那个穿灰衣服的男人隐没在圣栎树旁的人群当中)"跟着那个老荡妇走,"(她脑海里浮现出走在前面的曼瑞萨太太穿着色彩鲜艳的紧身衣裙的形象)"去喝茶。"

道奇没有动。他自语道:"我是去呢,还是留在这儿呢?是悄悄溜到别处去呢,还是跟着,跟着,跟着这离散的人群?"

我们离散了,那曲子发出哀怨声;我们离散了。贾尔斯在这流动的人潮之中仍像一根木桩,一动不动。

"跟着走吗?"他把自己的椅子踢了回去。"跟谁走?去哪儿?"他的浅色网球鞋戳到了木头上。"哪儿都不去,哪儿都去。"他仍然僵硬地站着。

科布斯科纳宅的科贝特独自待在智利南洋杉树下,他站起来,咕哝说:"她是怎么想的?她到底打的什么主意?她出于什么想法给那个古老的故事加上这种吸引人的魅力——这种虚假的诱惑,并引导他们爬呀,爬呀,爬上了智利南洋杉树?"

我们离散了,那曲子发出哀怨声;我们离散了。他转过身去,尾随着退场的同伴悠闲地走开。

现在露西从座位底下拿起手提包,快活地对她哥哥说:

"巴特,我亲爱的,跟我来……你还记得我们小时候在幼儿园里演过的剧吗?"

他还记得。那是扮演红种印第安人的游戏;把一片写有信息的芦苇叶裹在一张带碎石粒花纹的皮革里。

"可是对我们来说,我的老辛蒂,"——他拿起了帽子——"那个游戏已经结束了。"他指的是生气、瞪眼、敲手鼓的事。他向她伸出胳膊。他们两人漫步走开了。记者佩奇先生记录道:"斯威辛太太、巴·奥利弗先生",然后他转过身,又加上"哈斯利波公馆的哈斯利波爵士夫人",因为他看见那位老夫人坐着轮椅由仆人推着走在队伍的最后面。

随着藏在灌木丛中的留声机的送别乐声,观众都离开了。离散了。那曲子发出哀怨声:我们离散了。

现在拉特鲁布女士从藏身处走了出来。她像行云流水般走过草地,走过沙砾路,在一瞬间里她仍然把他们——那些正在离散的人们——团结在一起。刚才她不是在二十五分钟里让他们看到了吗?把一种看法传达给别人就是解脱痛苦……在一瞬间……一瞬间。然后乐曲飘散而去,停止在这句歌词的最后一个词上。她听见微风吹过树枝的沙沙声。她看见贾尔斯·奥利弗背对着观众。科布斯科纳宅的科贝特也背对着观众。她没能让他们看明白。这是个失败,又一次倒霉的失败!跟平时一样。她的眼力开了小差。她转身大步走向演员们,他们正在洼地里卸装;在那里,许多蝴蝶贪婪地吸吮着用银纸做的剑;在那里,放在树荫下的擦碟布形成了一片片的黄色。

科贝特拿出手表。他注意到,离七点还有三个小时,到了七点要浇花的。他转过身去。

贾尔斯把自己的折叠椅支稳,也转过身去,朝着另一个方向。他抄了一条近路,沿着田地边去谷仓。在这个干燥的夏天,那小路像砖头一样硬。他踢了一块石头;那石头是黄色的,像燧石般坚硬,有棱角,边缘锋利,似乎曾被野蛮人切割过,用来做箭头。那是一块野蛮人的石头,是史前时期的石头。踢石块是小孩子的游戏。他还记得那些规则。按照游戏规则,玩的人必须把一块石头(同一块石头)踢进球门。比方说,院门就是球门;有十次射门的机会。他第一脚要踢曼瑞萨(淫欲),第二脚要踢道奇(怪诞),第三脚要踢自己(胆小鬼),第四、第五次和其他几次也如此。

他踢了十次才踢进球门。在那边,有个什么东西趴在草丛里,盘成一个橄榄绿色的圆圈,原来是一条蛇。它死了吗?没有,它嘴里叼着一只癞蛤蟆,喘不上气来。蛇无法吞咽,癞蛤蟆也死不了。癞蛤蟆由于剧烈的疼痛而收紧了肋条,鲜血渗了出来。这很像动物生育时的情景,只不过颠倒了——可怕的逆转。于是,他抬起脚,朝它们踩下去。那一团东西立时就被踩烂了,滑到了一边。他的网球鞋的帆布面上沾满了黏稠的鲜血。但这是他采取的行动。行动使他感到解脱。他大步走向谷仓,鞋上全是血迹。

那座谷仓,那座"贵族谷仓",建于七百多年以前;它让一些人想起了希腊神殿,让另一些人想起了中世纪,让大多数人想起了这个时代之前的时代;它几乎不会让人想到当前的瞬间。现在谷仓里空无一人。

巨大的仓门敞开着。一缕光线从房顶斜射到地板,像一面黄色的旗子。庆祝加冕典礼时剩下的一串串纸玫瑰从房顶的一根根橡木上垂下来。在谷仓的一头横放着一个长桌,上面有一个大茶壶、许多碟子和茶杯,还有蛋糕、面包和黄油。谷仓里空无一人。许多老鼠从洞里溜出溜进,或是身体直立,啃着食品。燕子忙碌地叼着稻草在橡木里筑巢。数不清的甲虫和各种昆虫在干燥的木头里钻洞。一只无人豢养的母狗把立着许多麻袋的阴暗角落变成了小狗睡懒觉的地方。所有这些动物的眼睛,睁大了又眯小,有的适应光亮,有的适应黑暗,都从不同的角度和不同的边缘往这里看。细碎的啃咬声和沙沙的移动声打破了沉寂。淡淡的甜味和油腻味发散到空气里。一只反吐丽蝇停在蛋糕上,把身上的短钻头扎进蛋糕的黄色硬皮。一只蝴蝶在一个充满阳光的黄盘子上舒适地晒着太阳。

然而桑兹太太正往这边走。她艰难地从人群里挤过来。她已经拐了弯。她可以看见谷仓敞开的大门了。可是蝴蝶她是从来都看不见的;老鼠不过是厨房抽屉里的小黑丸;蛾子她抓一把便扔出窗外。母狗只能让她联想起行为不端的年轻女仆。如果那里有一只猫的话,她会看见的——任何一只猫,就连一只腿上有癞疮的饥饿的猫,都会打开她这没孩子的人心里的泄洪闸门。可是现在谷仓里没有猫。谷仓空无一人。所以她气喘吁吁地跑着,想在大家到来之前到达谷仓,站到大茶壶的后面。她进了谷仓,那只蝴蝶飞起来了,那只反吐丽蝇也飞起来了。

跟着她快步走来的是仆人和帮忙的人——戴维、约翰、艾琳、洛伊丝。水烧开了。蒸汽喷了出来。蛋糕切成了片。燕子从一根橡木扑向另一根橡木。人们进来了。

"这个漂亮的旧谷仓……"曼瑞萨太太停在门口说。她不能挤到村民前头去,她只能停下来赞叹谷仓的美,躲闪到一边继续观赏,让别人先进去。

"我们也有一个谷仓,和这个差不多,在拉色姆。"帕克太太说,她也是出于同样的原因停了下来。"也许没有这么大。"她补充说。

村民们不好意思往前走。随后,他们犹豫了一下,便三三两两地从她们身边过去了。

"还有那些装饰品……"曼瑞萨太太说,一面四下张望,想找个人诉说她的赞美之情。她站在那里满面笑容地等待着。然后斯威辛老太太进来了。她也抬头往上看,可她看的不是装饰品。很明显,她看的是燕子。

"它们每年都来,"她说,"是同一批鸟。"曼瑞萨太太善意地笑了,对老夫人的突发奇想表示赞同。其实她想,不可能是同一批鸟。

"我猜这些装饰用的东西都是庆祝加冕典礼时剩下的,"帕克太太说,"我们当时也庆祝了。我们村里建了一个议事厅。"

曼瑞萨太太哈哈大笑。她想起来了。她记起一件事,话到了嘴边:有人为庆祝加冕典礼建了一座公共厕所,镇长是如何……她能把这事讲出来吗?不行。那位凝视着燕子的老夫人显得太文雅了。"温雅"①——曼瑞萨太太使用这个词有着自己的目的,借此强调自己是大自然的野孩子,自己的本性在某种程度上"正是人性"。不知是什么原因,她可以包容老夫人的"温雅"和男孩子的滑稽。——那个挺好的家伙贾尔斯在哪儿呢?她没看见他,也没看见比尔。村民们还是不好意思上前。他们需要有人带头。

---

① 由于曼瑞萨太太故意把 refined 说成 refeened,译文中相应地把"文雅"说成"温雅"。

"嘿,我可太想喝茶了!"曼瑞萨太太公开地说,然后迈着大步往前走。她拿了一个粗瓷茶缸。桑兹太太在理所当然地先给一位乡绅倒茶之后,立刻给她倒上茶。戴维给了她蛋糕。她成了第一个喝茶、第一个吃蛋糕的人。村民们仍不好意思过去。"这表达了我对民主的全部看法。"她总结道。帕克太太也是这么想的,她也拿了茶缸。人们注视着她们。她们带了头,其他人也就跟过来了。

"茶真香啊!"每个人都赞叹地说,尽管茶水令人作呕,味道像水煮的铁锈,蛋糕也被苍蝇爬过。可是他们有责任参加社交活动。

"它们每年都来,"斯威辛太太说,全然不知自己在和空气说话,"从非洲来的。"因为早在这谷仓还是沼泽地的时候它们就来了,她猜想。

谷仓里挤满了人。热气升腾起来。瓷器喀嚓作响;人声喊喊喳喳。伊莎挤过人群,来到桌前。

"我们离散了。"她自语道。她把杯子递过去再要一杯茶。她接过茶杯。"让我转过脸,"她自语道,一面转身,"避开那些"——她悲伤地环顾四周——"光亮而坚硬的、瓷器般的面庞。沿着核桃树和山楂树下的小路,向远方骑行,来到希望井边。洗衣妇的小男孩——"她把两块方糖放进茶水里,"往井里投了一根别针。他就得到了他想要的马,他们都是那么说的。可是我该往里面投什么东西许愿呢?"她环顾四周。她看不见那个穿灰衣的男人,也就是那位乡绅农场主;她也没看见一个认识的人。"愿井水覆盖我吧。"她又补充说,"希望井里的水。"

瓷器的碰撞声和人们的说话声淹没了她的自语声。"你要方糖吗?"他们说。"我只要一点儿牛奶。你呢?""只要茶,不加牛奶或糖。我喜欢这样喝。""太浓了吗? 让我加点水吧。"

"那正是我刚才想要的,"伊莎又说,"当我把别针投进去的时候。水,水……"

"我必须说,"她身后有一个声音说,"国王和王后可真够勇敢的。听说他们要去印度。她看上去是那么亲切。我认识的一个人说他的头发……"

"在那里,"伊莎沉思,"在落叶的季节,枯萎的树叶会掉到水面。如果我再也见不到山楂树或核桃树了,我会在意吗?如果我再也听不到鸫鸟在颤动的小树枝上唱歌,或再也见不到黄啄木鸟像掠过气浪一般俯冲下来,我会在意吗?"

她看着庆祝加冕典礼时剩下的那些淡黄色花环。

"我记得人们说国王和王后要去加拿大,不是去印度。"她身后一个声音说。另一个声音回答:"你相信报纸上的话吗?比如说,关于温莎公爵①的报导。说他到了南海岸。玛丽王后②会见了他。她一直购买家具——这倒是事实。几家报纸都说她会见了他……"

"独自一人,在一棵树下,那棵枯萎的树终日念叨着海洋,并听着骑士纵马驰骋……"

伊莎补全了这句话。随后她吓了一大跳。威廉·道奇就站在她身边。

他微微一笑。她也微微一笑。他们是同谋者,各自小声念着我的叔叔教给我的歌。③

---

① 即英国国王爱德华八世(1894—1972),英国国王乔治五世的长子,因娶平民女子为妻而遭到王室反对,最终放弃王位,被封为温莎公爵。
② 又称泰克的玛丽(1867—1953),英国国王乔治五世的王后,爱德华八世(即温莎公爵)和乔治六世的母亲。
③ 原文如此。

"是那个剧,"她说,"那个剧一直在我脑子里回响。"

"你好,可爱的卡林西娅。我的恋人。我的生命。"他引用剧中的台词。

"我的君主,我的主人。"她颇为嘲讽地一鞠躬。

她很好看。他不想看她站在大茶壶前的样子,而是想看她站在马蹄莲或藤类植物前的样子,连同她那双酷似玻璃的绿眼睛和粗壮的身体(她的脖子像柱子一样粗)。他希望她会说:"跟我来。我要带你看看温室、猪舍或马厩。"可是她什么都没有说,他们两人就站在那里,拿着杯子,回想着刚才的话剧。然后他看见她脸上的表情变了,就像她刚脱下一件连衣裙又换上了一件。一个小男孩费力地穿过人群,一面拍打着人们的裙子和裤子,好像在水中胡乱游泳。

"嘿。"伊莎举起一只胳膊喊。

小男孩径直向她跑来。很明显,这是她的孩子,显然是她的儿子、她的乔治。她给他蛋糕,又给了他一茶缸牛奶。然后保姆过来了。然后她像是又换了一件连衣裙。从她的眼神来看,这一次她换上的衣服显然具有紧身西服背心的性质。那个穿着带铜扣子的蓝上衣的年轻男子,毛发旺盛,英俊,充盈着阳刚之气,站在一束充满尘土的阳光里,那是她的丈夫。而她则是他的妻子。正如威廉·道奇吃午饭时观察到的那样,他们夫妻之间的关系就像小说里人们常说的是"紧张的"。正如他看话剧时观察到的那样,她裸露的胳膊已经紧张地举到肩头,她突然一转身——她在找谁?可是现在他就在这里呀;那位有健美的肌肉、旺盛的毛发、阳刚的活力的男人使他一下子感慨万千,这是他的理智所不能解释的。他不再想象她站在温室里的藤类植物叶子前面会是什么样子。他只是看着贾尔斯,看着,看着。贾尔斯站在那里,把脸转向一边,心里想的是谁呢?不是伊莎。是曼瑞萨太太吧?

曼瑞萨太太在谷仓里刚走了一半就喝完了一杯茶。她问自己:我怎样才能甩掉帕克太太呢?如果她们与她同属一个阶级,多么让她讨厌啊——那些与她性别相同的人!她倒不讨厌阶级地位比她低的人——厨师、店主、农场主的妻子等;她也不讨厌阶级地位比她高的人——女贵族、伯爵夫人等。她讨厌的正是本阶级的妇女。所以她很突然地离开了帕克太太。

"啊,穆尔太太,"她向谷仓保管员的妻子打招呼,"你觉得话剧怎么样?小娃娃觉得话剧怎么样啊?"说到这里她捏了捏小宝宝。"我觉得它跟我在伦敦看过的剧一样好。……可是我们不能让别人超过去。我们要自己排一个剧。就在**我们的**谷仓里演。要让他们看一看,"(说到这里她对着桌子茫然地眨了眨眼;桌上的蛋糕有那么多都是买来的,自家做的是那么少)"看看**我们**演得怎么样。"

随后,她一边开着玩笑一边转过身,看见了贾尔斯,碰上了他的目光,她可见到他了,赶紧招手让他过来。怎么啦——她往下看了看——他的鞋怎么啦?上面满是血迹。她隐约地感到,他刚才干了什么事来证明自己的勇敢,为了得到她的赞赏,这实在让她受宠若惊。这种感觉虽然不很具体,但它是甜蜜的。有了他这个追随者,她感觉:我就是女王,他就是我的英雄,我的愠怒的英雄。

"那是尼尔太太!"她喊道,"你可是个了不起的女人,对吧,尼尔太太?她经营我们的邮局,这位尼尔太太。她会心算,是不是,尼尔太太?二十五个半分面值的邮票、两包带邮票的信封、一包明信片——一共是多少钱,尼尔太太?"

尼尔太太哈哈大笑;曼瑞萨太太也大笑起来;贾尔斯也笑了笑,并低头看看自己的鞋。

曼瑞萨太太拽着贾尔斯走向谷仓深处,从一个门出去,从另一个门进来。她认识他们所有的人。每个人都是十足的好人。不行,她不能允许这事,一分钟都不行——平森特的腿坏了。"不行,不行,我们不能接受这个借口,平森特。"如果他不能打保龄球,他还能打板球嘛。贾尔斯也同意。钓鱼线上的一条鱼对他和平森特来说都是一样的;樫鸟和喜鹊对他们来说也都是一样的。平森特仍在务农,贾尔斯则进了办公室。如此而已。她是个十足的好人,让他感觉自己不仅是观众,更是演员,跟在她的身后逛谷仓。

然后,在谷仓一头的大门旁,他们碰见了露西和巴塞罗缪两位老人,他们坐在温莎木椅上。

人们事先给他们留了座位。桑兹太太让人给他们送来了茶水。如果严格地按民主原则办事,让他们跟大家一起站到餐桌旁边,会引起更多的麻烦,不值得那么做。

"燕子。"露西说,她拿着茶杯,看着那些鸟儿。它们受到人群的刺激,从一根橡木飞到另一根橡木。它们曾飞越非洲,飞越法国来这里做巢。它们年复一年地来到这里。早在有海峡之前,早在这片土地(他们现在放温莎木椅的地方)还长满灿烂的杜鹃花,蜂鸟还在猩红的凌霄花喇叭口处微微颤动的时候(正如她当天早上在《世界史纲》里读到的那样),燕子就已经来了……这时巴特从椅子上站了起来。

可是曼瑞萨太太坚决不肯坐他的椅子。"你坐吧,你坐吧,"她把他按回到椅子上,"我蹲在地上。"她蹲了下去。那位愠怒的骑士还陪伴着她。

"你刚才觉得话剧怎么样?"她问。

巴塞罗缪看着他的儿子。他的儿子仍然沉默不语。

"你呢,斯威辛太太?"曼瑞萨太太又问老夫人。

露西嘟囔着,看着那些燕子。

"我是希望你能告诉我,"曼瑞萨太太说,"那是老戏,还是新戏?"

没有人回答。

"看啊!"露西发出惊叹。

"那些鸟吗?"曼瑞萨太太说,同时抬起头往上看。

有一只鸟叼着麦草,麦草掉了。

露西拍了拍手。贾尔斯一转身走了。她又像平时那样嘲弄他,还哈哈大笑。

"走吗?"巴塞罗缪说,"下一幕该开始了吧?"

他费力地从椅子上站起来。他不顾曼瑞萨太太和露西,径自漫步前行。

"燕子,我的姐姐,啊,燕子姐姐。"①他念叨着,一面掏着雪茄烟盒,跟着他的儿子往前走。

曼瑞萨太太很不高兴。她在地上蹲了半天是为了什么呢?难道她的魅力已经减退了吗?他们两个人都走了。可是,作为一个重行动的女人,她被男性遗弃之后,不打算忍受"温雅"的老夫人的无聊的折磨。她费力地站了起来,用手捋了捋头发,好像她也早该走了,尽管情况根本不是那样,而且她的头发也完全

---

① 此引语出自英国诗人艾尔哲农·查尔斯·斯温伯恩(1837—1909)的诗歌《依蒂勒斯》,是该诗的第一句。后文中还有这首诗的引语,但不准确。

整齐。站在角落里的科贝特看穿了她的小花招。他在东方时就已经了解了人性。在西方，人性也是一样的。植物依然如故——康乃馨、百日菊、天竺葵。他不由自主地看了看手表，注意着时间，到了七点要去浇花的；同时他也观察着尾随那个男人走到餐桌的那个女人耍的小花招，这在西方和东方都是一样的。

威廉在餐桌旁，现在陪着帕克太太和伊莎，他看着贾尔斯向这边走来。全副武装斗志强，大胆又吵嚷，坚定又激昂——这支脍炙人口的进行曲在他的脑海里回响。威廉暗暗地握紧了左手，就在那个英雄走过来的时候。

帕克太太低声对伊莎诋毁村里的傻子。

"啊，那个傻子！"她说。可是伊莎仍一动不动地看着自己的丈夫。她能感觉曼瑞萨太太跟在他后面。黄昏时分在他们的卧室里她会听到平时常听到的那种解释。他不忠实不会有什么影响——可是她不忠实影响就大了。

"那个傻子？"威廉替她回答帕克太太，"他扮演的是传统剧里的傻子。"

"可是，当然啦，"帕克太太说，并告诉贾尔斯，那个傻子——"我们村里也有一个"——是如何让她紧张害怕的。"当然啦，奥利弗先生，我们更文明吧？"

"**我们**？"贾尔斯说。"**我们**？"他又看了看威廉。他不知道他的名字；但知道他的左手在干什么。这是一点儿运气——他能鄙视他，而不鄙视自己。他也鄙视帕克太太。可是不鄙视伊莎——不鄙视自己的妻子。她还没跟他说话呢，一句话都没说。她也没看他。

"那是肯定的，"帕克太太说，同时逐个看着他们，"我们肯定更文明吧？"

贾尔斯随后摆出一种姿态,在伊莎看来他是在耍小花招;他闭上眼睛,皱起眉头,仿佛为了给她挣钱花而承受着世间一切痛苦的重负。

"不,"伊莎用最明白的语言说,"我对你并不赞赏。"她看着他,不看他的脸,而看他的脚。"傻小子,他的靴子上全是血。"

贾尔斯挪了挪脚。那么她究竟赞赏谁呢?不会是道奇。这一点他可以肯定。还会是谁呢?是他认识的某个男人。他敢肯定,此人就在谷仓里。是哪一个呢?他环顾四周。

随后牧师斯特里特菲尔德先生打断了他的思路。他拿来几个茶杯。

"这么说,我只能和我的心握手啦!"他大声说,一面点着头(他的头很好看,头发灰白),同时小心地放下茶杯。

帕克太太抓住这个机会表现自己。

"斯特里特菲尔德先生!"她大声叫道,"你干了那么多的活!我们却在这里闲聊!"

"你想看看温室吗?"伊莎突然说,并转身对着威廉·道奇。

哦,现在不想去,他本来想这样喊的,可还是不得不跟着她走,只留下贾尔斯去迎接走过来的曼瑞萨太太,她对他很有吸引力。

小路很窄。伊莎走在前面。她身材很宽,几乎占了整条路,她走路时向两边轻微摇摆,还不时从路边的树篱上揪下一两个叶片。

"那么飞跑吧,跟上带斑点的鹿群,"她哼着,"它们在雪松林中奔跑嬉戏,赤鹿和雌马鹿在一起,雄鹿和雌鹿在一起。飞跑吧,跑开吧。我痛苦地留下,我独自徘徊,我从破损的教堂的院墙边,摘下苦草,用我的拇指和食指,捻压它那酸的、甜的、酸的灰色长叶。……"

她扔掉过路时摘下的一片铁线莲,踢开了温室的门。道奇落在了后面。她等着他。她从通道的木板上拾起一把小刀。他看见她站在绿色的玻璃、无花果树和绣球花前面,手里拿着小刀。

"她说话了,"伊莎小声说,"她从胸部雪白的空穴拔出闪光的刀片。'看刀!'她说。然后就刺杀。'不忠诚的人!'她喊道。刀子也不忠诚!它断了。我的心也碎了。"她说。

威廉过来的时候,她嘲讽地笑了。

"我真希望刚才的话剧没在我脑子里回响。"她说。然后她坐到葡萄藤下的木板上。他坐到她的身边。他们头顶上方的小葡萄还是绿色的小苞;叶片又薄又黄,像鸟爪子之间的蹼。

"还想着话剧呢?"他问。她点点头。"那是你的儿子吗,"他说,"谷仓里的那个?"

她告诉他,她还有一个女儿,在摇篮里。

"那么你呢——结婚了吗?"她问。他从她的语气里知道她已经把什么都猜到了,因为女人总是爱猜测。他们两人立刻知道没有什么可怕的,也没有什么可希望的。起初他们觉得很恼火——在温室里站着,像塑像似的,后来他们就喜欢上了这种角色。因为这样他们就能说心里想的任何事情——她就是这样说的。还可以递给他一枝花——她就是这样做的。

"这是给你插在纽扣孔里的,呃……先生。"她说,一面递给他一枝芳香的天竺葵。

"我叫威廉。"他说,一面摘下一片毛茸茸的叶子,用拇指和食指捻压。

"我叫伊莎。"她回答。然后他们谈了起来,就像两个人从小就认识似的;这真奇怪,她说,正如人们常说的那样,要知道她认识他大概才一个小时。然而,他们两人难道不是同谋者吗?难道不是寻找隐藏面孔的人吗?这说明了他们两人为什么能相互直言,她停了片刻并思考着,正如人们常做的那样。她补充道:"也许因为我们以前从来没有见过面,而且以后永远不会再见。"

"猝死的结局悬在我们头上,"他说,"没有后退也没有前进,"——他在想着那位带他参观波因茨宅的夫人——"对我们对他们都是如此。"

对未来的设想给他们的现在蒙上了阴影,就像阳光透过布满叶脉的透明葡萄叶;那曲曲弯弯的线条没有构成任何图案。

他们进温室时没有关门,现在音乐声传了进来。A.B.C.,A.B.C.,A.B.C.——有人在练习音阶。C.A.T.C.A.T.C.A.T.……。然后这些分开的字母凑集成了一个字"Cat"①。其他的歌词接踵而来。那是一支很简单的曲子,像一首儿歌——

> 国王在会计室里,
> 数着他的钱币。
> 王后在会客室里,
> 吃着面包蜂蜜。②

他们两人倾听着。又一个人的声音,第三个人的声音,诉说着很简单的事情。他们坐在温室里,坐在木板上,头上是悬着的

---

① 此处弹唱的是教幼儿学字母的简单儿歌,先唱字母,再拼成词。"Cat"意为"猫"。
② 出自儿歌《唱支六便士之歌》。

葡萄藤,听着拉特鲁布女士或别的什么人练习音阶。

　　巴塞罗缪找不到他的儿子。他刚才在人群中和他失散了。于是老人离开了谷仓,去了自己的房间,手里拿着雪茄烟,嘴里念叨着:
　　　"啊,燕子姐姐,啊,燕子姐姐,
　　　您的心里怎么能充满春意?"
　　"我的心里怎么能充满春意呢?"他站在书橱前面大声说。书籍:不朽精灵的宝贵的生命之血。诗人们:人类的立法者。毫无疑问,情况如此。可是贾尔斯很不快乐。"我的心怎么能,我的心怎么能,"他吸着雪茄烟重复道,"它被判入人间地狱的矿坑,被判入孤独中忍受苦痛……"他叉着腰站在他的乡绅书房前面。加里波第①、威灵顿②、《灌溉工程官员的报告》,还有《希伯特论马的疾病》。心灵已经获得了大丰收,可是与他的儿子相比,他对这一切全不在意。
　　"有什么用? 有什么用?"他深陷进沙发椅里,并小声说,"啊,燕子姐姐,啊,燕子姐姐,你唱歌有什么用?"那只一直跟着他的狗一扑腾坐到地下,挨着他的脚。狗背上的皮毛随着呼吸起伏,狗的长鼻子靠在爪子上,鼻孔里挂着一丝鼻涕;它就在这里,他熟悉的精灵,他的阿富汗猎犬。
　　门颤动了一下,开了一半。那是露西进屋的方式——似乎她不知道会在屋里发现什么。真的! 是她的哥哥! 还有他的

---

① 加里波第(1807—1882),意大利著名的爱国者。
② 威灵顿,原名阿瑟·韦尔斯利,系威灵顿第一公爵(1769—1852),英国将军、政治家,1828 年至 1830 年期间曾任英国首相。

狗!她就像第一次见到他们似的。她是不是没有身体啊?她的心飘浮在云彩中间,像个气球,不时碰一下地面,带来一阵惊喜。她身上没有任何东西能把贾尔斯那样的人坠到地上。

她坐到一把沙发椅的边缘,像一只鸟停在电线上,在它动身飞往非洲之前。

"小燕子,我的姐姐,啊,燕子姐姐……"他小声念叨着。

从花园里——那窗户是敞开的——传来了什么人练习音阶的声音。A. B. C. , A. B. C. , A. B. C. 。然后那些分开的字母凑成了一个字"Dog"①。紧跟着是一个短语。那是一支很简单的曲子,是另一个声音在说话。

"听啊听,狗在叫

乞丐们,进城了……"②

随后曲子逐渐减弱,拖长,变成了圆舞曲。就在他们听着舞曲并观赏着窗外的花园之时,摇摆的树枝和旋飞的小鸟似乎受到召唤,走出它们的私生活,放下各自的活计,接受安排来参加聚会。

爱的灯笼燃得高,照着阴暗的雪松林,

爱的灯笼照得亮,就像天上的一颗星……

巴塞罗缪老先生跟着曲子的节拍用手指头敲着膝盖。

离开窗户出来吧,小姐,至死我都爱着你,

他嘲讽地看了看坐在沙发椅边上的露西。他不明白她是怎么生的孩子。

因为大家都在跳舞,后退又前进,

蛾子和蜻蜓……

---

① "Dog"意为"狗"。
② 出自一首古老的英格兰儿歌。

他猜想,她是在思索上帝就是和平。上帝就是爱。因为她属于主张统一的人;而他却属于分裂主义者。

然后那支带有不变的音步的歌曲变得甜美而平淡;它用永久的祈祷永久的爱的方法终于钻开了一个洞。这曲子是不是——他不大懂音乐术语——转成了小调?

因为今日,这舞蹈和这快快乐乐的五月

将会完结(他用食指轻敲着膝盖)

随着开割苜蓿,这后退和前进——褐雨燕似乎飞出了它们的轨道——

将会完结,完结,完结,

坚冰将射出小冰柱,冬天

啊,冬天,将给炉栅填满灰烬,

木柴上不会再有火光,不会有火光。

他弹掉雪茄烟的烟灰,站了起来。

"咱们是该走了。"露西说,仿佛他刚才大声说过:"时间到了,该走了。"

观众在集结。音乐在召唤他们。人流又涌向条条小路,穿过草坪。曼瑞萨太太和身边的贾尔斯一起,走在队伍的前头。她的头巾被风吹得飘上肩头,呈现出大弧形,绷得很紧。风逐渐大了。她穿过草坪走向留声机的乐声时,活像个女神,轻飘飘的,沉甸甸的,她手中的丰饶角①满得溢了出来。巴塞罗缪跟在

---

① 一只盛满花果和谷物的羊角,是丰饶的象征。丰饶角的典故出自希腊神话,相传那是给宙斯喂过奶的山羊阿玛尔特亚的魔角,得到魔角的人想什么就能得到什么。

她后面,赞叹人体使大地丰盈的力量。贾尔斯会保持自己的轨道,只要有她把他坠在地球上。她甚至搅动了他那年老的停滞的心湖——那里埋葬着白骨;可是蜻蜓飞起来了,小草颤动起来了,就在曼瑞萨太太穿过草坪朝留声机的乐声走去的时候。

人们的脚碾轧着沙砾路。人声叽叽喳喳。内心的声音,即另一个声音说:我们怎能否认灌木丛里飘来的美妙音乐表达了某种内心的和谐呢?"当我们醒来的时候,"(有的人在想)"拂晓用坚硬的木槌一次次敲打我们,让我们驯服。""官职,"(有的人在想)"造成了不平等。人们在钟声的召唤下分散,分散,到这里,到那里。'乒、乒、乒',那是电话响。'预购!''服务!'——那是商店的声音。"于是我们遵从上苍给我们下达的地狱般的、古老的、永恒的指令,并且服从。"工作、服务、尽力、奋斗、挣工资——为了花销——在这里花吗?啊,亲爱的,不是。现在花吗?不是,慢慢地花。当耳朵聋了,心血耗尽的时候。"

这时,科布斯科纳宅的科贝特弯下腰——因为地上有一枝花,他被后面的人推着往前走。

因为我听见音乐了,他们说。音乐唤醒了我们。音乐让我们看见了隐藏着的东西,让我们加入到心力交瘁的人们之中。看一看,听一听。看看那些花儿,看它们怎样用自己的红色、白色、银色和蓝色发散出光芒。再看看那些用多种语言的多种音节发言的树木,看它们绿色和黄色的叶子怎样推搡我们,调遣我们,命令我们集合,像对待椋鸟和秃鼻乌鸦那样,命令我们聚集在一起,去闲聊嬉戏,与此同时,那些红色奶牛缓步向前,而黑色奶牛却一动不动。

观众已经回到了各自的座位。有的人坐下了;其他人站了片刻,转过身,欣赏着风景。舞台上空无一人;演员们还在灌木丛里换衣服。观众们开始面面相对,开始谈话。他们谈话的片段传进拉特鲁布女士的耳朵里,她正站在那棵树后,手里拿着剧本。

"他们还没准备好……我听见他们笑了。"(他们在说)"……换衣服。那可太棒了,换衣服。现在在天好了,太阳不那么毒了……这是大战给我们带来的一个好处——天长了……刚才演到哪儿啦?你还记得吗?伊丽莎白时代的事……也许她该演现在的事了吧,如果她略过几个历史时期。……你认为人会变吗?他们的衣服会变,当然啦。……可我是说我们自己……有一次我收拾柜橱,找出了我父亲的旧礼帽……可是我们自己——我们会变吗?"

"不会,我不听政客们的话。我有一个朋友,他去过俄国。他说……还有我的女儿,她刚从罗马回来,她说那里的老百姓,在小饭馆里,都痛恨独裁者。……哦,不同的人说的话也不一样……"

"你看见报纸上说的了吗——那条狗的事?你相信狗不能生小狗吗?……还有玛丽王后和温莎公爵去南海岸的事?……你相信报纸的话吗?我问肉食店的老板或杂货店的老板……那是斯特里特菲尔德先生,扛着栏架。……我说,这位好牧师比所有的人干的活都多,得的报酬都少……就是妻子们爱找麻烦。……"

"犹太人怎么样了?那些难民……那些犹太人……像我们一样的人,重新开始生活……可是情况总没有变化。……我的老母亲,八十多岁了,还记得……对,她看书还是不戴眼镜。……太让人惊奇了!哦,他们不是说吗,过了八十岁……现在他们来了……没有,那没关系。……我要让随地扔废物的人挨罚。可是后来我丈夫说,谁负责收罚款呢?……啊,她在那儿,拉特鲁布女士,在那边,就在那棵树后面……"

在那边的树后,拉特鲁布女士生气地咬着牙。她把剧本手稿攥成一团。演员们耽误了时间。每一分钟观众们都在挣脱绞索,分裂成碎片和碎块。

"音乐!"她给了信号,"音乐!"

"'耳朵里有个跳蚤'①这句话是怎么来的?"一个声音说。

她的手决断地挥下来。"音乐,音乐。"她发出信号。

留声机响起:A.B.C.,A.B.C.

> 国王在会计室里,
> 数着他的钱币。
> 王后在会客室里,
> 吃着面包蜂蜜……

拉特鲁布女士看着他们平静地陶醉在这首儿歌里。她看着他们手拉着手,脸上现出平和的表情。然后她招了招手。梅布尔·霍普金斯最后整理了一下头饰(这头饰一直给她惹麻烦),终于大步走出了灌木丛,在面对观众的高地上就位。

人们的眼睛都盯着她,就像鱼儿浮上水面抢吃一块面包渣。她是谁?她演的是谁?她很漂亮——非常漂亮。她的面颊上抹了粉;在脂粉下面,她的肤色十分光亮、润滑、白净。她穿着灰色软缎长袍(是一块床单),上面有许多用别针固定的褶子,像石头似的,那长袍赋予她雕像般的高贵气质。她举着一根权杖和

---

① 这是英语成语,意为"尖刻的责难""刺耳的话"。

一个小宝球。她是"英格兰"吗？是"安妮女王"吗？她是谁呢？她起初说话声音太低，他们只听见：

……理性占据统治地位。

巴塞罗缪老人鼓起掌来。
"嘿！嘿！"他喊道，"好啊！好！"
"理性"在人们的鼓励下振振有词。

时光倚着它的镰刀惊奇地站立。商业从她的丰饶角里倒出各种矿石。野蛮人在远方矿井里挥汗劳动；彩绘罐是用不情愿的泥土塑造而成。按照我的命令，全副武装的勇士把盾牌搁置一边；平民用世俗的祭品使祭坛蒸汽升腾。紫罗兰和多花蔷薇用花朵缠绕裂开的大地。没有防备的流浪者不再惧怕毒蛇。黄色蜜蜂在钢盔里制造蜂蜜。

她停了一下。穿着粗麻布服装的村民排成一列长队在她身后的树木中间穿来穿去。

他们唱着：掘地，深挖，耕耘，播种，可是风吹走了他们的歌词。

在我飘动的长袍保护下（她张开手臂接着说）人文科学兴起了。音乐为我展示了天籁和声。按照我的命令，吝啬的人留下了他的收藏，分毫未动。母亲平静地看着她的孩子玩耍。……她的孩子玩耍……她重复着台词，并挥着权杖，几个人物便从灌木丛里走了出来。

在西风之神睡觉之时，让小伙子们和仙女们领衔主演，让天国那些不守规矩的部落讲述我的影响。

留声机传出一支轻快的小曲。巴塞罗缪老人把两手的手指头交叉在一起;曼瑞萨太太抚平膝头上的裙子。

年轻的达蒙①对辛西娅②说:
趁着拂晓快快出来吧,
披上你的天蓝色披肩,
把你的烦恼放在一边,
因为和平降临英格兰,
理性现已有了统治权。
当白昼呈现蓝色绿色,
在梦中会有多少快乐?
快快抛弃掉你的烦恼,
黑夜过去,白昼已来到。

掘地,深挖,村民们唱着歌,排成单行在树木之间穿来穿去,因为大地永远不变,夏、冬、春;春天和冬天又来临;耕耘,播种,吃饭,成长;时光一去……

风吹走了他们的歌词。

舞蹈停了。仙女和小伙子们退了场。"理性"独自占据了舞台中心。她张开胳膊,袍子随风飘荡,她举着宝球和权杖。梅布尔·霍普金斯伟岸地站在那里,俯视着观众的头。观众目不转睛地看着她。她无视观众。随后,就在她凝视的时候,几个帮忙的人从灌木丛里走过来,在她周围布置了一些道具,像是一间屋子的三面墙。他们在屋子中间放了一张桌子,在桌子上放了一套瓷茶具。"理性"从她站的高地观察着这一家庭场景,不为

---

① 达蒙,古罗马传说中的毕达哥拉斯学派哲学家,皮西厄斯的挚友。
② 辛西娅,希腊罗马神话中的月神和狩猎女神。

所动。这时出现了间歇。

"我猜这是另一个剧里的一场戏,"埃尔姆赫斯特太太说,同时看着节目单。她大声朗读,为的是让听力差的丈夫能听见:"**《有意志者事竟成》**。这是剧名。人物。……"她大声读:"哈比·哈兰登①勋爵夫人,爱上了斯帕尼奥尔·李利里沃②爵士。她的女仆德博。她的侄女弗莱文达,爱上了瓦伦廷③。斯帕尼奥尔·李利里沃爵士,爱上了弗莱文达。斯默庆·皮斯必维斯由奥尔④爵士,是个牧师。弗里伯尔⑤爵士和夫人。瓦伦廷,爱上了弗莱文达。他们给真人取的是什么名字啊!可是看啊——他们来了!"

他们从灌木丛里出来了——男人穿着花背心、白背心和带金属扣的鞋子;女人穿着锦缎服装,那是把锦缎缝上褶裥,装上圈环,再打开褶裥做成的。玻璃星星、蓝色发带和仿珍珠首饰使他们看上去酷似勋爵和夫人。

"第一场,"埃尔姆赫斯特太太在她丈夫耳边说,"是哈兰登勋爵夫人的梳妆室。……那就是夫人。……"她指着台上的演员说。"我想那是奥特太太,住在'尽头宅'的那位;可是她化装得太好了。那是她的女仆德博。她是谁演的呢?我不知道。"

"嘘、嘘、嘘。"有人抗议。

埃尔姆赫斯特太太放下节目单。戏已经开始了。

---

① 哈比原为希腊神话中一种怪物,长着女人的脸和身躯,鸟的翼、尾、爪,性残忍贪婪。转意指残忍贪婪的人。以此命名剧中人有深刻的寓意。
② 斯帕尼奥尔·李利里沃,意为"猎狗·胆小鬼"。
③ 剧中人瓦伦廷一名大概取自罗马基督教的殉教者圣瓦伦廷。圣瓦伦廷节(2月14日)已成为情人节。
④ 斯默庆·皮斯必维斯由奥尔,意为"假笑·和平与你们大家同在"。
⑤ 弗里伯尔,意为"无聊"。

哈比·哈兰登勋爵夫人进了梳妆室,女仆德博跟在后面。

哈比·哈兰登勋爵夫人:……给我香盒。再拿饰颜片。姑娘,把镜子递给我。好了。现在给我假发吧……让这姑娘生瘟病——她总是愣神!

德博:……夫人,我是在想,那位绅士在公园里见到你的时候说了什么。

勋爵夫人:(凝视镜子)原来你想的是这个——他说的什么?都是些没用的傻话!丘比特①的箭——哈哈!点燃他的蜡烛——哼——照着我的眼睛,呸!那是贵族老爷时代的事。二十年了,自从……可是现在——他现在会说我什么呢?(她照了照镜子)我是说斯帕尼奥尔·李利里沃……(敲门声)听!他的马车到门口了。孩子,快去。别傻站着啦。

德博:(走向门口)怎么?他又要哇里哇啦地饶舌,就像赌徒稀里哗啦地摇盒子里的骰子。他找不到一句适合你的话。他会站在那里,像戴着触地颈轭的猪……您的仆人,斯帕尼奥尔爵士。

(斯帕尼奥尔爵士上场。)

斯帕尼奥尔爵士:您好,我美丽的圣贤!怎么那么早就起床啦?我顺着林荫道来这儿的时候,觉得空气都比平时更清亮。原因是……维纳斯②、阿佛洛狄忒③,我敢保证确实是个星系,是个星座!由于我是罪孽之人,您更是北极光!

(他很快摘下帽子。)

勋爵夫人:啊,马屁精,马屁精!我了解你的手腕。可是过

---

① 丘比特,罗马神话中的爱神。
② 维纳斯,罗马神话中的情爱女神。
③ 阿佛洛狄忒,希腊神话中的情爱女神。

来吧。请坐……来一杯生命之酒。坐这儿吧,斯帕尼奥尔爵士。我要和你谈一些私人的事情、特别的事情……你收到我的信了吧,爵士?

爵士:……牢牢别在我的心上。

(他拍了拍胸口。)

勋爵夫人:……爵士,我想请你帮我办一件事。

爵士:……(唱)美丽的克洛伊托付的事有哪一件达蒙没做到呢①……啊,让韵诗见鬼去吧。韵脚还在沉睡。咱们还是说散文体台词吧。阿斯佛蒂拉能叫她平庸的仆人斯帕尼奥尔做什么事呢?夫人,您只管说吧。当我们再也不能在这里讲述自己的真实情况的时候,一个鼻子上套着铁环的猩猩,或一个年轻力壮的猿猴会讲述我们的情况吗?

勋爵夫人:(扇着扇子)没羞,没羞,斯帕尼奥尔爵士。你让我脸红——真让我脸红。可是靠近点吧。(她把椅子挪得离他近些)咱可不想让全世界都听见咱们的话。

爵士:(旁白)靠近点?我得了瘟病啦!这个老太婆臭极了,像一条头朝下栽到沥青桶里的熏鲱鱼!(大声说)夫人,您的意思是?您是说?

勋爵夫人:斯帕尼奥尔爵士,我有一个侄女,叫弗莱文达。

爵士:(旁白)哎,不就是我爱的那个姑娘吗,肯定是!(大声说)夫人,您有个侄女?我想起来了,好像听说过。我听说,她是个独生女,是您的哥哥留下的,让您夫人阁下照顾——他死在海上了。

---

① 克洛伊是古希腊田园浪漫小说中的牧神达弗涅斯的恋人。达蒙是古罗马传说中的哲学家。剧作者将两个典故混在一起使用了。

勋爵夫人：爵士，就是她。现在她已经成年，可以结婚了。我一直把她像豆象虫那样带在身边，斯帕尼奥尔爵士，她被童贞的旧布包裹着。据我所知，她的身边只有女仆，没有一个男人，除了送饭的克劳特以外，克劳特鼻子上有个疣，他的脸像个胡桃研磨机。可是，弗莱文达看上了一个傻瓜。一个镀金的苍蝇——一个叫哈利的，或叫狄克的；你叫他什么都行。

爵士：（旁白）那是年轻的瓦伦廷，我敢肯定。我看见过他们两人在一起玩。（大声）是吗，夫人？

勋爵夫人：斯帕尼奥尔爵士，她并不是条件不好——我们家的人长得都很漂亮——可是一个像你这样有品位有教养的先生也许会可怜她的。

爵士：夫人，恕我冒昧。见过阳光的眼睛不会轻易地为微弱的光——仙后星座、金牛星座、大熊星座等等——而昏眩，太阳升起的时候，那些星座就不亮了！

勋爵夫人：（对他做媚眼）爵士，你是赞扬我的理发师，还是赞扬我的耳环。（她摇着头）

爵士：（旁白）她叮当乱响，像集市上的母驴！她那身打扮就像五朔节①时理发店的旋转彩柱。（大声）听您的命令，夫人。

勋爵夫人：唔，爵士，是这样的，爵士。鲍伯哥哥，因为我父亲是个普通的乡绅，不愿意取那些外国人带来的花哨名字——阿斯佛蒂拉这名字是我自己叫的，可是我的教名很普通，就叫休——接着刚才的说，鲍伯哥哥逃到了海上；据说，他成了西印度群岛的皇帝；那里的石头全是翡翠，一季产下的绵羊都是红宝石。爵士，他可是个世上少有的软心肠的男人，本来会把那些东

---

① 每年5月1日庆祝春天到来的节日，是中古时代和现代欧洲的传统节日。

西带回来改善家庭经济状况的。可是那艘双轭横帆船、快速帆船,不管人们叫它什么吧(因为我记不住那些航海名词,我就是过一条小水沟都要倒背《主祷文》),那船撞上了礁石。鲸鱼把他吃了。可是那个摇篮在老天爷的保佑下被冲到了海边。里面有个小女孩,就是这个弗莱文达。更重要的是,摇篮里还有遗嘱,裹在羊皮纸里,丝毫没有损坏。鲍伯哥哥的遗嘱。嘿,德博!德博,听着!德博!

(她大喊德博)

爵士:(旁白)啊哈!我怀疑这里有什么鬼!遗嘱,那倒是!有意志者/有遗嘱者①事竟成嘛。

勋爵夫人:(大喊)德博,遗嘱!遗嘱!鲍伯哥哥的遗嘱。在窗户对过的书桌上右手边的乌木盒子里。……让这姑娘得瘟病!她总是愣神。都是这些浪漫小说闹的,斯帕尼奥尔爵士——都是这些浪漫小说闹的。看不见蜡烛流淌,可是她的心在融化;她每次挑灯芯的时候总要背诵《丘比特历书》上所有的名字……

(德博上场,手里拿着一张羊皮纸)

勋爵夫人:那么……给我吧。遗嘱。鲍伯哥哥的遗嘱。(她很快地读遗嘱,声音含混不清)

勋爵夫人:简单说吧,爵士,因为就是在澳大利亚和新西兰,这些律师都是说话又臭又长的一族——

爵士:夫人,那是为了和他们的长耳朵配套。

勋爵夫人:太对了,太对了。简单说吧,爵士,我的鲍伯哥哥把他辞世时所拥有的全部财产都留给他的独生女儿弗莱文达;

---

① 英语的"will"是个多义词,既是"意志"又是"遗嘱"。剧作者在这里使用了双关语。

可是有这么一个条件,您听着。她必须嫁给她的姑姑认为合适的人。她的姑姑就是我呀。不然的话,您听着,他的全部财产——也就是说,十蒲式耳的钻石、若干红宝石、从亚马逊河到北东北部二百平方英里的肥沃土地、他的鼻烟壶、他的六孔竖笛——他一向喜欢吹小调。爵士,我是说鲍伯哥哥;还有六只鹦鹉和他这个亡故者辞世时所拥有的那些小老婆——所有这些,连同其它没必要细说的零碎财物,您听着,他都留给弗莱文达。如果她不嫁给她的姑姑认为合适的人——她的姑姑就是我,那些财产就用于建一座圣堂,里面要有六个可怜的贞女一刻不停地唱圣歌,好让他的灵魂安息——说实话,斯帕尼奥尔爵士,可怜的鲍伯哥哥实在需要这个,因为他整天在墨西哥湾流里游荡,与海妖们交往。可是,爵士,拿着这个,你自己读这遗嘱吧。

爵士:(读)"必须嫁给她姑姑认为合适的人"。够清楚的了。

勋爵夫人:爵士,她的姑姑就是我呀。够清楚的了。

爵士:(旁白)她说的倒是实话。(大声)夫人,您的意思是?……

勋爵夫人:嘘!走近点。让我小声跟你说……斯帕尼奥尔爵士,你我两人长期以来相互评价都很高。我们曾在舞会上一起玩过,曾用雏菊链子把我们的手拴在一起。如果我没记错的话,你叫过我小新娘——那是五十年前的事了。斯帕尼奥尔爵士,我们本来是有可能成为一对的,假如命运对我们好的话。……爵士,你明白我的意思吗?

爵士:假如遗嘱是用真金字母写的,挂在五十英尺高的地方,从圣保罗教堂院区到佩卡姆区的"山羊和罗盘"酒馆都能看见,那它就是再清楚不过的了。……嘘,我要小声说话。我,斯帕尼奥尔·李利里沃爵士特此宣告,我承担责任娶您——那个被海浪冲进龙虾池、浑身盖满海藻的年轻姑娘叫什么名字？弗莱文达,是吗？好,娶弗莱文达——为我的妻子……啊,找个律师把这些话都写下来！

勋爵夫人:斯帕尼奥尔爵士,有一个条件。

爵士:阿斯佛蒂拉,有一个条件。

（两人一起说）

条件是:那笔钱我们两个人分。

勋爵夫人:我们用不着律师证明这个！斯帕尼奥尔爵士,把你的手放在这上面！

爵士:夫人,你的嘴唇！

（他们拥抱）

爵士:呸！她真臭！

"哈,哈,哈！"坐在巴斯轮椅上的那位土生土长的老夫人笑了。

"理性,天哪！理性！"巴塞罗缪老人喊,并看看他的儿子,似乎在告诫他要抛弃带女人气的抑郁心态,做一个真正的男人。

贾尔斯把脚缩进椅子底下,坐得像箭一样笔直。

曼瑞萨太太拿出小镜子和口红,关注着嘴唇和鼻子。

在人们拆除布景的时候,留声机柔声诉说着某些大家都认为是绝对真实的事。那曲子的内容大致是:夏娃如何提起长袍的下摆,很不情愿地站定不动,好让她那沾着露水的斗篷垂落下来。曲子继续说,放牧的羊群在平静地睡觉。穷苦人回到他的小屋,给渴望听他讲故事的妻子儿女讲述他辛苦劳作的简单经过:耕种一个垄沟能有多少收成;拉犁的几匹马是如何没有碰到停在巢上的鸱鸟;与此同时,兔子沃特[①]沿着自己的路线奔跑;

---

① 沃特是旧时对兔子的叫法。

温暖的洼地里随处可见带斑点的鸟蛋。在此期间,好主妇把简单的饭食摆上餐桌;结束了一天的劳作之后,仙女和小伙子们手拉着手,随着牧羊人的笛声在草地上跳舞。然后夏娃垂下深棕色的长发,用她那半透明的面纱笼罩着小村庄、教堂尖塔、草场,等等,等等。这支曲子又重复了一遍。

演出现场的风景以独特的方式重复着这支曲子所表达的情景。太阳正在落山;各种颜色汇合在一起。这风景讲述着:辛劳了一天的人们怎样休息;天气怎样变凉爽;理性怎样取得成功;邻居们从犁铧上卸下马之后怎样在农舍的花园里锄土,怎样靠在农舍的院门上往外看。

那些奶牛往前迈了一步,然后站住一动不动,它们也完美地表达了同样的意思。

观众沉浸在这三重旋律之中,都坐在那里凝视着;他们静静地、赞许地看着这一切,没有提任何问题,因为有些事似乎不可避免:一棵种在绿盆里的树取代了女士的梳妆室;在似乎是一面墙的地方挂上了一个巨大的钟盘,指针指向差三分到整点的位置,也就是差三分七点。

埃尔姆赫斯特太太从冥想中清醒过来,看了看手里的节目单。

"第二场,林荫道,"她大声读出来,"时间:清晨。弗莱文达上场。她来了!"

上场的是米莉·洛德("亨特和迪克森先生"纺织品商店的售货员),她穿着有树枝图案的软缎衣服,饰演弗莱文达。

弗莱文达:他说七点,那边的大钟也标着七点。可是瓦伦廷——瓦伦廷在哪儿呢?哎呀!我的心跳得多快!然而天还没大亮呢,因为我常常在太阳升上草场之前就出来了……看——

那些穿得很华贵的人走过去了!他们都踮起脚尖走路,像开屏的孔雀!我呢,穿着裙子,从我姑姑的破镜子里看,它显得那么雅致。哎呀,这是块擦碟布……她们把头发盘到头上,就像一块四边插着蜡烛的生日蛋糕。……那是一块钻石——那是一块红宝石……瓦伦廷在哪儿呢?在林荫道的橘子树下,这是他说的。橘子树——在那儿。瓦伦廷——没有踪影。那个人是朝臣。我敢肯定,那个夹着尾巴的老狐狸。那女人是个用人,瞒着主人出来的。那个人是拿扫帚给贵妇人扫小路的,好让她们的长裙的荷叶边少沾些尘土……看哪,她们的脸多红啊!唉!瓦伦廷,不守信用,残酷,铁石心肠。瓦伦廷!瓦伦廷!

(她痛苦地绞着双手,转向一边,又转向另一边。)

我不是踮着脚尖离开床铺,像老鼠在护墙板上那样偷偷地走,生怕惊醒我的姑姑吗?我不是用她粉盒里的猪油抹了头发吗?我不是使劲把脸搓得发亮吗?我不是躺在床上睁着眼,看着星星爬上烟囱的管帽吗?我不是把去年第十二夜①时教父藏在槲寄生小枝后面的一几尼金币给了德博,让她别告密吗?我不是把插在钥匙眼里的钥匙上了油吗,以免姑姑被惊醒后尖叫弗莱文!弗莱文!瓦尔②,我说,瓦尔——是他来了。……不对,我能在一英里以外认出他来,凭着他大步踩波浪的样子,就像图画书里的那个不知叫什么的人。……那不是瓦尔……那是一个公民,那是一个傻子,他举起单柄眼镜(请听我说),想把我看个够……那我就回家吧……不,我不回……回到家我又成了不成熟的小女孩,又得缝样品……到米迦勒节③我就要成年了,

---

① 圣诞节后的第十二夜,为传统的节日。
② 瓦伦廷的昵称。
③ 9月29日,天使长圣麦可的生日。

对不对？再有三个月我就能继承……我不是看见遗嘱里写着吗？那天我的球正好蹦到姑姑存放裙褶的旧箱子上，把盒盖碰开了……上面写着："我辞世时所拥有的一切财产留给我的女儿……"我刚看到这里，老夫人突然经过走廊，脚步声啪啪地响，像一个盲人走过小巷。……我不是一个被遗弃的人，先生，我得告诉你；我不是拖着鱼尾、穿着海藻袍子的美人鱼，需要你可怜。我比得上她们任何一个人——那些和你调情的幼稚的女孩子；你邀我在橘子树下见面，而你却在她们的怀抱里昏昏欲睡，消磨长夜。呸，你不要脸，先生，这样嘲弄一个可怜的姑娘。……我不哭，我发誓不哭。我不会为一个这样对待我的男人流一滴咸眼泪。……是啊，想一想吧——小猫跳起来的那天我们是怎么藏在奶牛场里的。还在槲寄生树下读浪漫小说呢。哎呀！看到公爵离开可怜的波莉时，我哭得多伤心啊。……我姑姑找到了我，发现我的眼睛像红果冻一样。"侄女，你让什么咬啦？"她说。她还喊："快点，德博，那个蓝提包。"我告诉您……哎呀，想一想吧，我把一本书都读完了，又哭着再要一本！……嘘，树丛里有什么东西？来了——又走了。是微风吗？一会儿在树荫下——一会儿又到了阳光里。……我用生命打赌，是瓦伦廷！是他！快，我要藏起来。让这棵树挡住我吧！

（弗莱文达藏到树后。）

他来了……他转过身……他四处张望……他丢掉了线索……他聚精会神地看——一会儿看这边，一会儿看那边。……让他把那些漂亮的脸蛋看个够吧……品味它们，辨认它们，嘴里说："那是和我一起跳过舞的漂亮小姐……那是和我一起躺过的……那是我在槲寄生树下吻过的……"哈哈！他是如何把她们都说出来的！勇敢的瓦伦廷！看，他是怎样看着地的！看，他皱眉头的样子最符合他的心境!"弗莱文达在哪儿呢?"他叹了口气说,"我爱她就像爱我胸中的心脏。"看,他掏出了怀表。"啊,不守信用的家伙!"他叹了口气说。看,他是怎样用脚跺着地!现在他向后转了。……他看见我了——没有,太阳正照着他的眼。他满含热泪……上帝啊,他是怎样摸着他的宝剑!他会用宝剑刺穿自己的胸膛,像图画书里的公爵那样!……住手,先生,住手!

(她从树后走出)

瓦伦廷:……啊,弗莱文达,啊!

弗莱文达:……啊,瓦伦廷,啊!

(他们拥抱。)

大钟敲响九点。

"全是小题大做!"一个声音喊道。人们哈哈大笑。那个声音停住了。可是那人分明是看懂了,也听懂了。在这一瞬间,藏在树后的拉特鲁布女士感到十分荣耀。在下一个瞬间,她转向那些在树丛间穿来穿去的村民,对他们喊:

"大点声!大点声!"

因为舞台上空无一人;必须把刚才煽起来的情感继续下去;而唯一能使其继续的手段就是那支歌,可是歌词却听不见。

"大点声!大点声!"她握紧拳头吓唬他们。

掘地,深挖(他们唱道),栽树篱,开渠,我们往前走。……夏天和冬天,秋天和春天又来临……一切都过去了,可是我们,一切都变了……可是我们永远不变……(微风阵阵,不时打断歌词。)

"大点声!大点声!"拉特鲁布女士着急地喊。

宫殿纷纷倒塌（他们继续唱道），巴比伦、尼尼微、特洛伊①……还有恺撒大帝②的豪宅……都坍塌在地……在那里鸽鸟巢构成了拱门……拱门下行进着罗马人……掘地，深挖，我们用犁铧打破土块……在那里，克吕泰默斯特拉③盼望着她的国王……看见小山上的灯塔闪烁光芒……我们看见的只是土块……掘地，深挖，我们往前走。……王后堕落，瞭望塔倒塌……因为阿伽门农④已经纵马远行。……克吕泰默斯特拉已经毫无价值，只不过是……

歌词逐渐消失了。只有几个伟大的名字飘过长空——巴比伦、尼尼微、克吕泰默斯特拉、阿伽门农、特洛伊。然后风大了，在沙沙的树叶声中，就连这些伟大的名字也听不见了；观众坐在那里睁大眼睛看着唱歌的村民，村民的嘴一张一合，可是没出来声音。

舞台上空无一人。拉特鲁布女士靠在树上，近于瘫痪。她的力气已经消失。她的前额上突然渗出汗珠。幻想失败了。"这就是死亡，"她念叨着，"死亡。"

然后，就在幻想逐渐消失的时候，那些奶牛突然承担起了重任。其中的一头母牛刚失去小牛。它惊诧地睁大月亮般的眼睛，适时地抬起头，高声吼叫。所有的母牛都睁大月亮般的眼

---

① 巴比伦为古代巴比伦王国的首都，尼尼微是古代东方奴隶国亚述的首都，特洛伊是古代土耳其西部的城市。
② 恺撒大帝（约公元前100—前44），罗马将军、政治家，曾为罗马帝国统治者。
③ 克吕泰默斯特拉，希腊神话中阿伽门农国王之妻，与人通奸，杀死其夫，后被其子杀死。
④ 阿伽门农，迈锡尼的国王，特洛伊战争中希腊军队的统帅。

睛,向后甩头。它们一头接一头发出了渴望的叫声。全世界都充满了无言的渴望。这是远古的声音,在当前的瞬间听起来格外响亮。然后整个牛群都受到了传染。它们用力摆着像通条那样脏的尾巴,把头甩得很高,扬起后蹄,奔窜吼叫,好像厄洛斯①已经把箭埋进它们的肋腹,刺激着它们,让它们发怒。那些母牛消灭了舞台的空白,缩短了距离,填补了空虚,延续了刚才的情感。

拉特鲁布女士对着牛群狂喜地挥着手。

"感谢上苍!"她感叹地说。

突然,奶牛不叫了,低下头,开始吃草。与此同时,观众们也低下了头,阅读手中的节目单。

埃尔姆赫斯特太太大声读给丈夫听:"导演恳请观众谅解。由于时间不够,省略了一场;她请求观众想象,在那段时间里,斯帕尼奥尔·李利里沃爵士已经得到了与弗莱文达订婚的文书;弗莱文达就要答应订婚;这时藏在大座钟里的瓦伦廷突然走了出来,宣布弗莱文达是他的新娘,揭露了哈比·哈兰登勋爵夫人和斯帕尼奥尔·李利里沃爵士企图剥夺弗莱文达遗产的阴谋;在后来的混乱场面中,这对恋人一同出走,只剩下哈比夫人和斯帕尼奥尔爵士单独在一起。"

"导演要求我们想象所有这些情景。"埃尔姆赫斯特太太说,一面放下手中的眼镜。

"她很明智,"曼瑞萨太太对斯威辛太太说,"如果她把什么都放进去的话,我们就得在这儿一直看到半夜了。所以我们就

---

① 厄洛斯,希腊神话中的爱神,阿佛洛狄忒的儿子,相当于罗马神话中的丘比特。

得想象啦,斯威辛太太。"她拍了拍老夫人的膝盖。

"想象?"斯威辛太太说,"说得对呀!演员们通常给我们演绎得太多了。你知道吗,中国人把一把匕首放在桌子上,就代表一场战斗。所以拉辛①……"

"是啊,他们真把人烦死。"曼瑞萨太太打断了她的话,因为她觉察到了高雅的情趣,也讨厌那种瞧不起人类快乐情感的口气。"那天我带着我的侄子——他在桑赫斯特,是个多么快乐的孩子——去看《啪的一声鼬鼠跑》。你看过吗?"她转向贾尔斯。

"城里大路来回跳。"他哼唱着回答。

"你的保姆唱过这首歌吧!"曼瑞萨太太感叹道,"我的保姆唱过。她说'啪'的时候,声音很像从姜汁啤酒瓶拔出软木塞的声音。啪!"

她模仿这种声音。

"安静,安静。"有人小声说。

"我这会儿是在逗着玩,吓唬你姑姑,"她说,"我们必须守规矩,集中精神。这是第三场。哈比·哈兰登勋爵夫人的密室。可以听到远处传来的马蹄声。"

那马蹄声(是傻子艾伯特用木勺使劲敲打托盘模仿出来的)渐渐远去了。

哈比·哈兰登勋爵夫人:去格列特纳格林村②的路已经走

---

① 拉辛(1639—1699),法国诗人、剧作家,法国古典主义悲剧代表作家之一。
② 格列特纳格林是英国苏格兰南部的一个村庄,靠近英格兰边境。过去在苏格兰结婚可以不经父母同意,因此许多私奔的情侣纷纷到那里去结婚。此地名也有比喻意义,指类似的村庄或小镇。

111

了一半!啊,我那骗人的侄女!是我从海水里把你救了起来,你全身都淌着水,我把你放到了壁炉旁边!啊,鲸鱼曾把你整个吞了下去!啊,你这个忘恩负义的鼠海豚!你的角帖书①初级读本不是教过你要尊重你的大姑吗?你怎么误读了,拼错了?倒学会了偷东西和骗人,学会了偷看放在旧盒子里的遗嘱,还学会了把流氓藏在大座钟里;大座钟倒是老老实实,从查理国王②时代到现在就没走错过一秒钟。啊,弗莱文达!啊,鼠海豚,啊!

斯帕尼奥尔·李利里沃爵士:(使劲把长统靴往上提)老了——老了——老了。他说我"老了"——"老傻瓜,上床去吧,去喝热牛奶甜酒③!"

勋爵夫人:还有她。爵士,她在门口停下,鄙夷地指着我说"老——太婆",可我正当壮年,还是个勋爵夫人呢!

爵士:(提着长统靴)可是我得把这事跟他摆平。我得用法律制裁他们!我得把他们打翻在地……

(他在地上跳来跳去,一只脚穿着靴子,另一只脚没穿)

勋爵夫人:(把手搭在他的胳膊上)斯帕尼奥尔爵士,注意点你的痛风病吧。爵士,你想想——咱们可别让他们气疯了,咱俩还不到五十岁呢。他们唠唠叨叨地谈论的这个年轻人是干什么的?不过是北风刮起来的一根鹅毛罢了。你坐下,斯帕尼奥尔爵士。歇歇腿吧——那——

(她把一个靠垫推到他的腿底下)

爵士:他说我"老了"……他从大座钟里跳出来,像个弹跳

---

① 指印有字母、数字等的纸页,裱在有柄的木板上,表面覆盖着透明角片,供儿童认字、识数等用。
② 似指英国和爱尔兰国王查理一世(1600—1649)。
③ 热牛奶甜酒常用于治感冒。

玩偶……还有她,她嘲笑我,指着我的腿喊:"丘比特的箭,斯帕尼奥尔爵士,丘比特的箭。"哎,真希望能把他们放在研钵里炖烂,冒着热气端到祭坛上——哎呀,我的痛风病,哎呀,我的痛风病!

勋爵夫人:爵士,这样说话对一个明智的人没有好处。爵士,你想想,就在前天,你还请求——咳咳——请求星座保佑呢。仙后座、金牛座,还有北极光……不能否认,它们中间有一个星离开了自己的范围,流走了,私奔了,明确地说吧,是带着一个大座钟里的东西,带着大座钟里的钟摆走的。可是,斯帕尼奥尔爵士,有一些星星——咳咳——一动不动;简单说吧,它们从来都没有像海运煤炭烧出的火光那样明亮,特别是在一个干冷的早晨。

爵士:唉,我真希望我还是二十五岁,身边有一把佩剑!

勋爵夫人:(昂首收颔)爵士,我明白你的意思。嘻嘻——肯定地说,我和你一样感到遗憾。可是青春并不是一切。我告诉你一个秘密,我自己也是过了回归线,也是到了赤道的另一边。我夜里睡得很香,连身都不翻。酷热期①已经结束了。……可是爵士,你想想吧。有遗嘱者事竟成啊。

爵士:夫人,这是上帝的真理……哎呀,我的脚火烧火燎的,就像魔鬼的铁砧上面一块红热的马掌,哎呀!——你是什么意思?

勋爵夫人:我的意思?难道我非得不顾体面,拆开香包,把放在薰衣草里面的东西掏出来吗?那东西在里面已经放了二十

---

① 原文 dog days 有双重意义,既指七、八月份的酷热期,又指妇女经期无精打采的日子。剧中人使用了双关语。

113

年了,是在我的勋爵——愿他的名字安息——被装进铅棺时放进去的。爵士,咱们明说吧,弗莱文达飞了。鸟笼空了。可是我们两人既然过去能用樱草把手腕拴在一起,现在就更可以用更结实的锁链把手腕拴在一起啦。让装饰品和数字都见鬼去吧。我,阿斯佛蒂拉,就在这里——可是我平常的名字是休。不管我叫什么名字——是阿斯佛蒂拉还是休——我都在这里,身体很棒,随时为你效劳。既然密谋泄露了,鲍伯哥哥的财富就得归那几个贞女了。这很清楚。这里有奎尔律师的命令。"贞女们……永远……为他的灵魂歌唱。"我向你保证,他很需要这个……可是没关系。虽然我们把本来可以用来买羊毛衫包裹自己身体的钱财扔给了那些容易上钩的笨蛋,可我并不是乞丐。我有宅院,有出租公寓,有家用亚麻布,有牛群,还有我的嫁妆;有一张清单。我会给你看的,都写在羊皮纸上;我向你保证,我有足够的财产,能让我们两人生活得很好,在后半生里以夫妻相伴。

爵士:夫妻! 这确实是真话! 嘿,夫人,我倒是宁愿把自己赶进沥青桶里,宁愿被绑在带刺的山楂树上让冬天的狂风吹。呸!

勋爵夫人:……沥青桶,呸! 山楂树——呸! 你这个没完没了地谈论星系和银河的人! 你这个发誓说我比别人都光彩的人! 让你得瘟病——你这个背信弃义的人! 你这个骗子! 你这个穿长统靴的毒蛇! 这么说你不想娶我? 你不肯和我牵手是吗?

(她伸出手;他用力拨开她的手。)

爵士:……把你的那些痛风石藏进毛手套里吧! 呸! 我一个都不要! 即使它们是钻石,纯钻石,和地球上一半能住人的地方,和那里所有的小老婆(她们被人用绳子穿成了串,绕在你的脖子上),我也一个都不要……一个都不要。放开我的手,尖叫的猫头鹰、巫婆、吸血鬼!放开我!

勋爵夫人:这么说,你所有的甜言蜜语都不过是包裹圣诞节爆竹的锡纸啦!

爵士:……是拴在驴脖子上的铃铛!是挂在理发店旋转灯上的纸玫瑰……哎呀,我的脚,我的脚……丘比特的箭,她嘲笑我……老了,老了,他说我老了……

(他单腿跳着下场)

勋爵夫人:(独自一人)都走了。随风飘了。他走了;她也走了;只有老座钟停了下来,那个流氓刚才藏在钟里当钟摆来着。让他们都得瘟病——把一个老实女人的房子变成了妓院。我刚才还是北极光,现在贬值成了沥青桶。刚才还是仙后座,现在成了母驴。我晕头转向了。世界上没有轻信的男人,也没有轻信的女人;没有动听的讲话,也没有漂亮的脸蛋。羊皮掉了,爬出来的是蛇。您还是去格列特纳格林村,躺到湿草地上喂响尾蛇吧。我的头直转悠……沥青桶,呸!仙后座……痛风石……仙女座……山楂树。……喂,德博!德博!(她大喊)给我解带子。我快要爆开了!把我的绿呢面桌子搬来,摆上纸牌……德博,把我那双带毛里子的拖鞋拿来。再拿一盘巧克力糖。……我要跟他们把事摆平……我要比他们都活得长……喂,德博!德博!让那姑娘得瘟病!她听不见我的话吗?喂,德博!你这个吉卜赛妞儿,是我把你从树篱上拽下来教会你缝样品的!德博!德博!

(她猛地打开通向女仆住屋的门。)

屋子空了!她也走了!……咦,梳妆台上是什么东西?

(她拿起一张纸片读道)

"你以为我喜欢你的鹅毛床吗?我跟那些穿破衣服的吉卜赛人走了①,哎呀!签名:你过去的仆人德博拉。"原来如此!我用自己餐桌上的苹果皮和面包皮把她喂养大了,我教会了她玩克里比奇牌戏和缝制没有腰的宽女服……她也走了。啊,忘恩负义,你的名字就是德博拉!现在谁给我刷盘子呢;现在谁给我拿牛奶甜酒,谁来忍受我的脾气,谁给我解胸衣带子呢?……他们都走了,只剩下我一个人,没有侄女,没有情人,也没有女仆。

本剧即将结束,现在总结教益:
爱神满脑子都是小花招;
他常把短箭刺进人的脚,
但人的意志会大行其道;
让圣女永远吟唱赞美诗吧:
"有意志者事竟成。"
天下的好人们,再见吧。
(哈比·哈兰登勋爵夫人行屈膝礼后下场)

这一场结束了。"理性"走下她的基座。她收拢裙子,平静地向观众示意,感谢他们的掌声,同时穿过舞台下场;几个佩戴着星章和勋章的白人勋爵和勋爵夫人跟在后面;斯帕尼奥尔爵士一瘸一拐地护送满脸假笑的哈兰登勋爵夫人;瓦伦廷和弗莱文达手挽着手鞠躬并行屈膝礼。

"上帝的真理!"巴塞罗缪喊道,他受到了剧中语言的感染,"这对你很有教益!"

---

① 此句出自一首英国传统童谣。

他在用力靠向椅背,笑了起来,像马在低声嘶叫。

教益?什么教益?贾尔斯猜想那教益是:有意志者事竟成。这几个字站立起来,鄙夷地伸出一个指头,直指向他。和女朋友一起去格列特纳格林村吧;把事办了。管他妈的什么后果。

"你想看看温室吗?"他突然说,同时转向曼瑞萨太太。

"愿意呀。"她喊着站了起来。

有幕间休息吗?有,节目单上写着呢。留声机在灌木丛里嚓、嚓、嚓地响。下一场是什么?

"维多利亚时代。"埃尔姆赫斯特太太读道。那么大概有时间围着花园走一走,甚至到宅子那边看一看了。然而不知怎么回事他们觉得——怎么说呢——觉得有些心不在焉。仿佛这出话剧把高尔夫球推出了球洞;仿佛我所称的自我仍在无牵无挂地飘浮着,沉不下来。他们感觉失去了常态。也许他们只是对服装太敏感吧?那些瘦小的旧式巴里纱衣裙、法兰绒裤子、巴拿马草帽;那顶带紫红网罩的帽子,是按王室公爵夫人在阿斯科特赛马场戴的帽子仿制的,好像有些薄了。

"那衣服多漂亮呀,"一个人说,同时向即将消失的弗莱文达看了最后一眼,"颜色协调极了。我希望……"

嚓、嚓、嚓,留声机在灌木丛里响着,非常准确,非常执着。

云彩飘过天空。天气看来有些变化。此刻,霍格本的怪楼呈灰白颜色。随后阳光照射到博尔尼教堂的镀金风向标上。

"看来要变天了。"有人说。

"你站起来……咱们去活动活动腿脚。"另一个声音说。草坪上很快就浮动着许多由五颜六色的服装组成的流动小岛。然而,有些观众仍然坐着没动。

"梅修少校和夫人。"记者佩奇舔着铅笔尖记录道。至于那个话剧,他要弄到那个女士的名字,再要一份剧情简介。可是拉特鲁布女士不见了。

她在灌木丛里像黑奴一样拼命干活。弗莱文达穿着裙子。"理性"已把斗篷扔到了冬青树篱上。斯帕尼奥尔爵士正在用力拽着长统靴。拉特鲁布女士一边扔东西,一边翻找东西。

"那件带珠子穗的维多利亚斗篷……那倒霉东西在哪儿?把它扔到这儿来……现在这胡子……"

她东跑西颠,目光越过灌木丛瞟向观众。观众在走动。观众悠闲地走来走去。他们有意远离演员换衣服的地方;他们一向尊重老规矩。可是如果他们走得太远了,如果他们开始探察整个大院,走到宅子那边,那么……嚓、嚓、嚓,留声机在响。时光在流逝。他们聚在一起能坚持多长时间呢?这是一场赌博,要冒风险……她情绪高昂地四面出击,把服装甩到草地上。

从灌木丛的上方飘过来只言片语,她只闻其声不见其人,因此在她看来,那些说话声似乎都是具有象征性的声音;虽然她只能听见一半,又看不见什么,但她从灌木上方望过去仍能感觉到有无数根看不见的线把那些与人体隔绝的声音联结在一起。

"天可够阴沉的。"

"谁都不想要这样的天气——除非那些混蛋德国人。"

说话声停顿了片刻。

"我要砍掉那些树……"

"他们怎么把玫瑰种得这么好!"

"他们说五百年来这里一直有花园……"

"为什么就连老格拉德斯通①,公正地讲……"

---

① 格拉德斯通(1809—1898),英国政治家,曾任英国首相。

然后是一片寂静。那些声音飘过灌木丛。树木沙沙作响。拉特鲁布女士知道,有很多双眼睛都在观看这风景,因为她身上的每一个细胞都能吸收信息。她用眼角的余光能看见霍格本的怪楼;然后楼顶上的风向标闪了一下。

"这眼镜要掉。"一个声音说。

她能感觉到他们看着风景便从她的手指头中间溜走了。

"那个倒霉的女人罗杰斯太太在哪儿?谁看见罗杰斯太太啦?"她叫道,一面抓起一件维多利亚时代的斗篷。

然后,有一个人不顾老规矩,从抖动的树枝中间把头伸了进来:那是斯威辛太太。

"啊,拉特鲁布女士!"她喊道,然后就不说话了。后来她又说:"啊,拉特鲁布女士,我衷心地祝贺你!"

她迟疑了一下。"你已经给了我……"她省略了后面的话,然后又接着说——"我从小时候就感觉……"一片薄纱落到她眼前,抹掉了现在。她试图回忆自己的童年时代,随后又放弃了;她轻轻地挥了一下手,似乎是叫拉特鲁布女士帮她的忙,然后继续说:"这种每日的常规,上楼下楼啊,说'我要拿什么?我的眼镜吗?眼镜就在我鼻子上'……"

她直视着拉特鲁布女士,尽管她年纪老了,可是眼睛仍很清澈。她们两人的目光碰到一起,企图通过共同的努力来理解彼此的意思。她们失败了;斯威辛太太拼命抓住最小的机会来表达自己的意思,她说:"你分配我演的角色太小了!可你一直让我感觉我有可能扮演……克莉奥佩特拉[①]的!"

---

① 克莉奥佩特拉,古埃及女王,是罗马帝国恺撒大帝和罗马将军马克·安尼的情人。莎士比亚写了《安东尼与克莉奥佩特拉》一剧。

她在抖动的灌木中点了点头,然后慢慢走开了。

村民们相互使眼色。"怪癖"一词正适合形容"老薄脆"的样子,这个词很快穿过了灌木丛。

"我有可能扮演——克莉奥佩特拉的。"拉特鲁布女士重复道。她的意思是:"你勾起了我的心思,我还真想演一个没演过的角色呢。"

"现在整一整裙子,罗杰斯太太。"拉特鲁布女士说。

罗杰斯太太穿着黑色长统袜站在那里,显得很古怪。拉特鲁布女士把维多利亚时代的特大荷叶边拉到她的头上。她系上了带子。"你已经拉动了那些看不见的绳子",这就是那位老夫人的意思,而且在所有的人当中唯有她点出了克莉奥佩特拉!拉特鲁布女士感到无上荣光。啊,但她并不仅仅是拉动个别绳子的人;她还是将走动的人体和浮动的人声烩于一锅并从中再造新世界的人。她的重要时刻到来了——她的荣光。

"好了!"她说,一面把黑缎带系到罗杰斯太太的下巴底下,"化装完毕!现在该男士了。哈蒙德!"

她招手叫哈蒙德过来。他羞涩地走过来,听任她将黑胡子贴在他的脸颊上。他半闭着眼,头往后仰;拉特鲁布女士想,他这副样子很像亚瑟王①——高贵、有骑士风度、身体较瘦。

"少校的旧礼服大衣在哪儿?"她问,她相信有了那件衣服就可以改变他的形象。

嗒、嗒、嗒,留声机继续在响。时光在流逝。观众在闲逛,在离散。只有留声机嗒、嗒、嗒的声音把他们拢在一起。看,那个在远处花坛边独自漫步的人是贾尔斯太太,她躲到一边去了。

---

① 亚瑟王,传说中的不列颠国王、圆桌骑士团的首领。

"曲子!"拉特鲁布女士命令说,"快点!曲子!下一个曲子!第十号!"

"现在允许我摘下,"伊莎低语,并摘了一朵玫瑰花,"我的那一朵玫瑰花吧。白的还是粉红的?然后用拇指和食指捻压它……"

她仔细打量着从她跟前经过的人,寻找那个穿灰衣服的男人的脸。他在那边晃了一下,可是他的周围全是人,无法接近。现在他又消失了。

她扔掉了那朵花。她能捻压什么样的落叶片呢?一片都没有。在花坛旁边也没有那种飘落的叶片。她必须继续往前走;她转身朝马厩的方向走去。

"我往哪里漫游?"她思索着,"沿着什么样的通风隧道?那不长眼的风儿往哪一边吹?那里没长着赏心悦目的东西,没有玫瑰。往哪里走?在一片没有收成的黯淡的田地里,那里没有夜幕降临,也没有太阳升起。在那里大家都平等。在那里玫瑰花不摇摆,不生长。没有变化,也没有可变的和可爱的事物;没有问候,也没有告别;更没有人偷偷地发现和感觉,在那里一个人的手寻求另一个人的手,一个人的目光寻求另一个人的目光作为归宿。"

她进了马厩的院子,那里有几条用铁链拴着的狗,放着几个水桶;有一棵很大的梨树,树枝伸展,错落有致,靠着墙边,像梯子一般。梨树的根须伸展到石板底下,树上满是又硬又青的梨子,沉甸甸的。她摸着一只梨子自言自语:"我是怎样承受着它们从土里汲取的养分的重负:诸多的回忆;诸多的财富。这就是'过去'压在我身上的重担,我像穿越沙漠的长长的商队①中走在最后的一匹小毛驴。'跪下,''过去'对我说,'把我们树上的果实装满你的篮子。站起来,小毛驴。走你的路,直到你的蹄跟打了水泡,直到你的铁掌断裂。'"

梨子像石头一样硬。她低头看着有裂缝的石板,梨树的根须在石板下面延伸。她思索着:"这就是从襁褓时起就加在我身上的重负;它是由海浪的窃窃私语、不安的榆树的轻拂、唱歌的女人哼的小曲表达出来的;我们必须记住什么;我们要忘掉什么。"

她抬起了头。马厩里的大钟上的镀金指针决断地指向差两分到整点的位置。大钟即将敲响。

"现在宝石蓝色的天空里出现了闪电,"她低声说,"死者系的皮绳爆开了。我们的财产不受限制了。"

人们的说话声打断了她的思路。他们谈着话走过马厩院。

"有人说,今天天气真好,它让我们脱光衣袍。别的人说,好天气就要完了。他们看见了那个小旅店和旅店主。可是没有一个单独说话的声音。没有一个声音不带着古老的颤音。我总是听见许多亵渎的低语;听见金子和金属的叮当声。疯狂的音乐……"

传来了更多人的声音。观众们涌回了台地。伊莎振作起来。她鼓励着自己。"骑在小毛驴上,耐心地颠簸前行。别听那些为取得领导权而抛弃我们的领袖狂叫。也别听那些有瓷器般坚硬光彩脸庞的人唠叨。不如倾听牧羊人在农场院墙边咳嗽的声音,不如倾听那棵枯萎的树在骑者疾驰而过时发出的叹息

---

① 原文为 caravanserai(商队或朝圣队在旅途中住的客店、旅舍),从上下文看,似为 caravans(商队、朝圣队)之误。

声,不如倾听他们在营房里剥光她的衣服时发出的争吵声,或是倾听我在伦敦猛地开窗时听到的哭声……"她已经出来,走上了通往温室附近的小路。温室的门被踢开了。曼瑞萨太太和贾尔斯从里面走了出来。伊莎悄悄地尾随着他们穿过草坪,来到前排的座位上。

灌木丛中的留声机已停止了嚓、嚓、嚓的响声。遵照拉特鲁布女士的命令,另一支曲子的唱片已经放上了留声机。第十曲。人们称之为伦敦街头叫卖声。《大杂烩》。

"薰衣草,芳香的薰衣草,谁买我的芳香薰衣草",这支曲子虽然发出颤音而且十分清脆,可是没能把观众都召回来。有些人根本就不理睬,有些人还在闲逛。其他人虽然停了下来,但挺直身子站定了。有些一直没离开过座位的人,如梅修上校和夫人,在琢磨着一张模糊不清的复写誊印纸页,那是事先发的说明书。

"十九世纪。"梅修上校并不反对导演有权在不到十五分钟里跳过二百年。可是导演选择的场景使他困惑。

"为什么把英国军队给漏掉了?没有军队怎么成其为历史呢,是不是?"他若有所思地说。梅修夫人向他一歪头辩解说:"我们毕竟不能要求太高嘛。再说,话剧结尾时可能有个全体演员的大合唱,围绕着英国国旗。同时还有风景可看。他们在欣赏着风景。"

"芳香的薰衣草……芳香的薰衣草。……"(芒特宅的)林恩·琼斯老太太哼着这支曲子,并将一把椅子往前推。"坐这儿吧,埃蒂。"她说着就重重地坐了下去,埃蒂·斯普林格特也坐下了;由于两人都是寡妇,她们现在同住一所房子。

"我记得……"她随着曲子的节奏点着头,"你也记得——

那时候他们是怎么沿街叫卖的。"她们都记得——窗帘在飘动,男人们在吆喝:"奏乐啦,开花啦。"他们带来种在花盆里的天竺葵和石竹,沿街叫卖。

"我记得有一把竖琴,还有一辆双轮双座马车和一辆四轮出租马车。那时街上是那么安静。花两个便士可以坐一趟双轮马车,对吧?花一个便士可以坐一趟四轮马车吧?还有埃伦,她戴着帽子,穿着围裙,是在街上吹口哨吧?你还记得吗?还有那些长跑的人,哎呀,他们会从车站跟着你跑一路,如果你有一座野外小屋①的话。"

乐曲变了。"旧熨斗,有旧熨斗要卖吗?""你记得吗?那些男人在大雾里就是这么吆喝的。他们是从七日晷区②来的。带着红手帕的男人。勒颈杀人犯,人们是不是这么叫他们的?你看完戏以后——哎呀,我的天,哎呀——都走不回家了。摄政街。皮克德利街。海德公园角。那些淫荡的女人……还有污水沟里到处是整个的面包。你在克文特加登剧院附近认识的那个爱尔兰人……从舞会回来,路过海德公园角的大钟,你还记得戴白手套的那种感觉吗?……我父亲还记得在海德公园里见到的那位公爵。两个手指头是这样的——他当时摸了一下他的帽子……我有我母亲的集子。一个小湖和两个恋人。我猜想她抄的是拜伦的诗,用的是当时人称意大利体的字体。……"

"那是什么曲子?《在老肯特路上把他们打倒》③。我记得那个擦皮靴的人吹口哨吹的就是这个调。哎呀,那些用人……

---

① 为进行狩猎、射击、钓鱼等体育运动的人准备的乡间小屋,可供临时居住用。
② 七日晷区是伦敦市的一个区,19世纪时曾为罪犯出没之地。
③ 系一首英国传统歌曲。

老埃伦……一年的工资是十六英镑……那一罐罐的热水！还有圈环裙！还有紧身胸衣！你还记得水晶宫和焰火吗？还记得米拉在泥地里丢了一只拖鞋吗？"

"那是年轻的贾尔斯太太……我还记得她的母亲。她死在印度……我想，我们那时候穿过很多衬裙。不卫生吗？我敢说……哦，看看我女儿吧。在右边，就在你身后。她都四十岁了，可是像小树苗一样瘦。每一套公寓房里都有冰箱……我母亲用了半个上午的时间去预订正餐。……。我们兄弟姐妹十一个人。加上佣人，全家一共十八口人。……现在他们只要给商店打个电话就行了……贾尔斯来了，跟曼瑞萨太太一起。她是我不喜欢的那种人。也许我的看法不对……还有梅修上校，他总是那么整洁……还有科布斯科纳宅的科贝特先生，就在那边，在那棵智利南洋杉树底下。人们不常见到他……这是演出的好处——把大家聚在一起。这些日子，我们大家都那么忙，聚会正合大家的意……节目单呢？你拿着了吗？咱们看看下一个是什么……'十九世纪'……看，合唱队来了，那些村民上场了，在树中间穿过。首先，是序幕。……"

一个铺着红色台面呢、缀着沉甸甸金穗子的巨大箱子已被搬到舞台中央。台下响起衣裙的窸窣声和移动椅子的声音。观众颇感歉疚，匆忙找位子坐下。拉特鲁布女士的目光盯着他们。她给了他们十秒钟的时间把脸转向舞台。然后她挥了挥手。一支庄重的进行曲响了起来，声音很刺耳。"坚定，激昂，大胆又吵嚷。"等等。……一个具有象征性的巨大人物形象又从灌木丛里出来了。那是旅店主巴奇，可是他乔装得那么好，就连每天夜里和他一起喝酒的老朋友也没认出是他；村民们低声笑着相互询问他是谁。他披着一件有多层披肩的黑色长斗篷，是防水布做的,闪闪发亮,其质地酷似议会广场上的一尊雕像;他还戴了一个头盔,说明是警察;他的胸前佩戴着一排勋章;他的右手横握着一根警官专用的警棍(是白厅街上的威勒特先生借给他的)。他的声音粗哑,从棉絮做的浓密黑络腮胡子当中传出来,是这声音暴露了他的身份。

"巴奇,巴奇。那是巴奇先生。"观众交头接耳地说。

巴奇伸直了拿警棍的胳膊,并说:

在爱[海]德公园角①指挥交通,可不是件省事的工作。公共汽车和两轮出租马车。所有的车都哐啷哐啷地行驶在石子路上。靠右走,行不行?嗨,快停下!

(他挥动警棍)

她过来了,那个拿伞的老家伙差点撞到马鼻子上。

(他把警棍明显地指向斯威辛太太)

她举起了骨瘦如柴的手,仿佛刚才确实心血来潮快步走下了人行道,惹得这位有权威的人理所当然地生气。抓住她,贾尔斯想,他站在权威一边反对他的姑姑。

不管是下雾还是晴天,我都履行我的职责(巴奇继续说)。在皮卡德利圆形广场,在爱[海]德公园角,为女王陛下的帝国指挥交通。波斯皇帝、摩洛哥苏丹,也许女王陛下本人,或库克公司②的游客、黑人、白人、漂洋过海去宣告女王帝国的水兵和士兵,他们所有的人都服从我的警棍管制。

---

① 巴奇说话操伦敦东区方言,读不好[h]音,所以把"海德公园角"说成"爱德公园角"。
② 由英国旅游业的先驱托马斯·库克(1808—1892)创建的旅游公司,全名为托马斯·库克父子旅游公司,提供配导游的观光游览。

(他从右向左娴熟地挥舞警棍)

可是我的工作还不只这些。我保护并指导女王陛下的全体顺民保持纯洁,享有安全,在所有的自治领的每一个角落;要求他们服从上帝和人类的法律。

上帝和人类的法律(他重复这几个字,装出查找写在羊皮纸上的法律条文的样子;他故作姿态,从裤子口袋里掏出一张羊皮纸来。)

礼拜日去教堂,礼拜一上午九点整赶上去伦敦城的公共汽车。也许是礼拜二,去曼森大厦①参加救赎罪人的会议;礼拜三正餐时参加另一个会——有甲鱼汤。可能是爱尔兰出了些麻烦,发生了饥荒。芬尼亚组织②成员问题。诸如此类的事。礼拜四,秘鲁土著人要求得到保护和纠正的问题③;我们要把该给他们的东西给他们。可是你们要注意,我们的统治不止于此。我们的帝国是个基督教国家,在白人女王维多利亚④的统治之下。我挥舞指挥棒,管制思想和宗教、饮酒、服装、礼仪,还管制婚姻。众所周知,繁荣和体面总是携手并肩。一个帝国的统治者必须留心床笫,还要监视厨房、客厅、书房,监视一切有一两个人(我和你)聚会的地方。"纯洁"是我们的格言,还有"繁荣"和"体面"。如果不这样,哎,就让他们化脓腐烂……

---

① 英国伦敦市长的官邸。
② 芬尼亚组织的全称为爱尔兰共和兄弟会,是1857年在纽约成立的爱尔兰争取民族独立的反英秘密组织,1867年曾在曼彻斯特和伦敦两市组织暴力活动,以拯救被囚禁的支持者。"芬尼亚"的名称可能来自爱尔兰传说中的芬尼亚勇士团。
③ 此话涉及英国与秘鲁的关系。1899年,秘鲁政府同英国达成协议,由英国的"秘鲁公司"代表债权人接管秘鲁铁路,为期六十六年,以抵偿外债;秘鲁还每年向英国供应三百万吨鸟粪,并在三十三年内每年偿还八万英镑的债务。
④ 维多利亚女王(1819—1901),英国著名女王。属汉诺威王室。

（他停顿了片刻——不,他没忘记台词）

克利珀尔门、圣贾尔斯教堂、白教堂、米诺雷兹①。让他们到矿井里去干活流汗,让他们去织布机旁咳嗽,让他们理所当然地忍受自己的命运。那是帝国的代价,那是白种人的责任。我可以告诉你,在爱[海]德公园街角和皮卡德利圆形广场指挥车辆有序通行,是一份全职工作,是白人的工作。

他停下来,站在岗台上盯着大家,气度非凡,独具威严。大家都有同感,他是个很优秀的人物,他的指挥棒横伸着,防水斗篷向下垂着。只需要一阵大雨,只需要一队鸽子围绕他的头顶飞翔,只需要圣保罗大教堂和威斯敏斯特教堂的钟声,就可以把他变成一个典型的维多利亚时代警察的形象,就可以把他们大家带回维多利亚王朝全盛时期的伦敦,带回一个大雾弥漫的下午,有卖蛋糕小贩的清脆摇铃声和教堂的轰鸣钟声。

舞台上出现了停顿。观众可以听见那些穿行于树木之间的朝圣客在唱歌,可是听不清歌词。他们都坐在那里等待。

"啧、啧、啧,"林恩·琼斯太太表示不满,"他们当中也有值得尊敬的人……"不知为什么,她隐约感到有人在嘲笑她的父亲,也就是嘲笑她自己。

埃蒂·斯普林格特也咂了咂嘴。然而孩子们确实在矿上拉过小车;有一个地下室;然而爸爸在饭后朗读瓦尔特·司各特②的作品;法院不接待离了婚的夫人们。要得出结论是多么困难呀!她希望他们赶快演下一场。她喜欢在离开剧场时把一切都弄明白。当然啦,这只是村里人演的戏……他们在摆放下一场

---

① 均为伦敦穷人居住的地区。
② 瓦尔特·司各特(1771—1832),英国小说家、诗人。

的布景,围绕着那个铺着红台面呢的箱子。她念起了节目单:

"野餐会。约一八〇六年。地点:湖畔。人物——"

她不念了。人们已经把一块床单铺在台地上。这显然代表湖泊。上面有大笔挥就的波浪,代表湖水。那些绿色的木桩代表蒲草。真正的燕子快速飞过床单,真是好看。

"明妮,你看呀!"她喊道,"那些是真燕子!"

"安静,安静。"有人警告她。因为这场戏已经开始了。一个年轻小伙子出现在湖边,他穿着灯笼裤,两腮上有胡子,挂着一根尖头拐杖。

埃德加·索罗尔德:……我来帮你,哈德卡斯尔小姐!小心!

(他扶着埃莉诺·哈德卡斯尔小姐爬上山顶。埃莉诺是一个穿着圈环裙、戴着蘑菇帽的年轻贵族小姐。他们两人喘着气站了一会儿,观赏着周围的风光。)

埃莉诺:山下树丛里的教堂显得多小啊!

埃德加:……那么说,这就是"流浪者之井"啦,是幽会的地方。

埃莉诺:……索罗尔德先生,请把你刚才的话说完,别人一会儿就要来了。你刚才说:"我们的生活目的……"

埃德加:……应该是帮助我们的同胞。

埃莉诺:(长叹一声)太对了——太深刻了!

埃德加:……哈德卡斯尔小姐,你为什么叹气呢?——你没有理由谴责自己——你的一生都在为别人服务。我刚才是在想我自己。我已经不年轻了。在二十四岁上,人生最美好的时光就结束了。我的人生匆匆而过(他往湖里扔了一块卵石),就像水中的微波。

埃莉诺:啊,索罗尔德先生,你不了解我。我实际上和你看到的不一样。我也——

埃德加:……别跟我说这个,哈德卡斯尔小姐,——不,我不能相信这事——你怀疑了?

埃莉诺:感谢上苍,不是那样的,不是那样的……可是尽管我一直很安全,受到保护,一直待在家里,就像你看到的那样,就像你想的那样。哎呀,我这是说什么呢?可是,对呀,我要说实话,在妈妈来之前。我也一直渴望劝异教徒皈依教会!

埃德加:……哈德卡斯尔小姐……埃莉诺……你在试探我!我敢向你提出来吗?不敢——那么年轻,那么漂亮,那么纯真。我请求你,想一想再回答我。

埃莉诺:……我已经想过了——是跪着想的!

埃德加:(从口袋里拿出一个戒指)那么……我母亲在咽气以前嘱咐我,只能把这个戒指送给一个女人,她必须认为在非洲沙漠里和异教徒一起生活一辈子是——

埃莉诺:(接过戒指)最大的幸福!可是,嘘!(她把戒指放进口袋)妈妈来了!(他们吓了一跳)

(哈德卡斯尔太太上场,她是一个健壮的贵夫人,穿着黑色斜纹绸衣服,骑着毛驴;有一个年纪较大的先生护送她,他戴着一顶偷猎鹿的人戴的帽子。)

哈德卡斯尔太太:啊,年轻人,你们偷偷地抢在了我们前头。约翰爵士,过去你我两人总是头一个爬上山顶的。现在……

(他扶她下驴。许多儿童、男女青年都来了,有的抱着篮子,有的拿着扑蝴蝶的网子,有的拿着小望远镜,还有的拿着锡制的植物标本盒。他们在湖边铺上一块地毯,哈德卡斯尔太太和约翰爵士在野营小凳上坐了下来。)

哈德卡斯尔太太：现在谁去灌水壶？谁去捡树枝？阿尔弗雷德（她对一个小男孩说），别追着蝴蝶乱跑，不然你会得病的……我和约翰爵士会打开篮子，就在这块被烧过的草地上，我们去年就是在这儿野餐的。

（那些年轻人分散活动去了。哈德卡斯尔太太和约翰爵士动手打开篮子。）

哈德卡斯尔太太：……去年，可怜的比齐先生还和我们一起野餐呢。是上帝有意让他解脱啊。（她掏出一块带黑边的手绢擦眼睛）咱们这些人当中，每年总有一个人过世。那是火腿……那是松鸡……那个包里有野味油酥馅饼……（她把食品摆放在草地上）我刚才说可怜的比齐先生……我真希望这奶油没凝成块。哈德卡斯尔先生会把红葡萄酒拿过来的。我总让他干这活儿。去年只是在哈德卡斯尔先生和皮戈特先生谈起罗马人的时候……他们都要吵起来了。……可是先生们有个业余爱好是件好事，尽管他们收集的都是些没用的东西——那些头盖骨和别的东西。……可是我刚才说——可怜的比齐先生。……我想问问你（她压低了声音），因为你是我们全家的朋友，我想问你新来的牧师的情况——他们听不见我们的话吧，是不是？听不见，他们都在拾小树枝。……去年多扫兴啊。刚把东西拿出来……就下雨了。可是我想问你，新来的牧师怎么样，就是接替比齐先生的那一位。我听说他姓西布索普。肯定地说，我希望我没弄错，因为我有一个表弟娶了一个姓这个姓的姑娘，而且你是我们全家的朋友，咱们用不着讲客套……当一个人有几个女儿的时候——肯定地说，我很嫉妒你，约翰爵士，你只有一个女儿，而我有四个！所以我请你私下给我讲讲这位年轻的——如果这是他的名字——西布索普，因为我必须告诉你，前天咱们的波茨太太偶然说,她拿着给我们洗好的衣服路过教区牧师宅的时候,他们正在打开包装,取出家具;你猜她在衣橱顶上看见了什么？一个茶壶罩！可是当然啦她也有可能看错——可是我突然想起来问你,你是我们全家的朋友,你悄悄告诉我,西布索普先生有妻子吗?

这时,一支由身穿维多利亚时代的披风、留着胡须、戴着高帽的村民组成的合唱队唱了起来：

啊,西布索普先生有妻子吗？啊,西布索普先生有妻子吗？那是只黄蜂,女帽里的蜜蜂,软木瓶塞钻上的螺旋钻头。它们不停旋转的嗡嗡声,永远打开母亲心上的皱褶;因为一个母亲,如果她在有四根帏柱的绵软起伏的大床上受孕,生了女儿的话,她必须问：啊,他打开行李取出的,是不是祈祷书和服饰带、晨衣和拐杖、钓竿和渔线,还有家庭相册和手枪;他是不是也展示出,结婚时精美的茶桌纪念品——一个绣有忍冬花的茶壶罩。西布索普先生有妻子吗？啊,西布索普先生有妻子吗？

合唱队演唱的时候,参加野餐会的人集合在一起。开启酒瓶的声音啪啪响起。松鸡肉、火腿、鸡肉,都是切成片的。嘴唇在嚅动。酒杯喝干了。听不见别的声音,只有咀嚼的声音和碰杯的声音。

"他们真的在吃,"林恩·琼斯太太对斯普林格特太太悄声说,"是呀。我敢说,吃得太多对他们没好处。"

哈德卡斯尔先生：……(掸掉胡须上的肉渣)现在……

"现在什么？"斯普林格特太太轻声说,她预感到会有更多的滑稽模仿表演。

现在我们已经满足了人体内部的需求,现在让我们来满足精神上的渴望吧。我请一位年青女士来唱一首歌。

女青年合唱组:……啊,别叫我……别叫我……我真的不会……不行,你这个狠心的人,你知道我嗓子哑了……我没有乐器伴奏不会唱……等等,等等。

男青年合唱组:嘿,胡扯! 咱们唱《夏天最后的玫瑰》①吧。咱们唱《我从没爱过小瞪羚》②吧。

哈德卡斯尔太太:(以权威的姿态)现在埃莉诺和米尔德里德唱《我愿作一只蝴蝶》③。

(埃莉诺和米尔德里德顺从地站起来,表演了二重唱《我愿作一只蝴蝶》。)

哈德卡斯尔太太:亲爱的,非常感谢。现在该男士了,唱唱"我们的国家"!

(阿瑟和埃德加合唱《统治吧,不列颠尼亚》④。)

哈德卡斯尔太太:非常感谢。哈德卡斯尔先生——

哈德卡斯尔先生:(起立,抱着化石)咱们祈祷吧。

(野餐会演员全体起立)

"这太过分了,太过分了。"斯普林格特太太不满意地说。

哈德卡斯尔先生:……全能的上帝,您赐给了我们一切美好的东西,我们感谢您,为我们的食粮和饮水,为大自然的美景,为

---

① ② 均为根据英国作家托马斯·莫尔(1779—1852)的诗歌谱写的歌曲。
③ 根据英国诗人托马斯·贝利(1797—1839)的诗歌谱写的歌曲。
④ 根据英国诗人詹姆逊·汤姆逊(1700—1748)的诗《统治吧,不列颠尼亚》谱写的歌曲。"不列颠尼亚"为大不列颠的拟人化形象。

您启蒙我们时对我们的理解(他摆弄着化石),也为您的贵重礼物——和平。任用我们做您在地球上的仆人吧,任用我们传播您的光辉吧……

此时那头驴子(由傻子艾伯特装扮)的后腿动了。是故意的还是偶然的?"看那头驴!看那头驴!"人们叽叽喳喳的说话声淹没了哈德卡斯尔先生的祈祷声;后来只听见他说:

……快乐地回到家,您的食品康健了我们的身体,您的智慧启发了我们的心灵,阿门。

哈德卡斯尔先生举着化石迈着大步走了。参加野餐会的人们捉住了那头驴子;他们把东西收拾到篮子里,然后排成队,逐渐消失在山的那一边。

埃德加:(和埃莉诺一起走在队列的最后)去劝皈异教徒!
埃莉诺:去帮助我们的同胞!
(演员们消失在灌木丛中。)

巴奇:……先生们,时间到了;女士们,时间到了,该收拾东西回去啦。我站在这里,拿着指挥棒,保卫名望,保卫繁荣,保卫维多利亚女王国家的纯洁;从我站的地方,我看见眼前是——(他向前指:那里有波因茨宅;乌鸦呱呱叫;炊烟袅袅升)丫[家],可爱的丫[家]。①

留声机传出了这首歌曲:漫游宫殿,把欢乐享受,等等,哪里都比不上家。

巴奇:……先生们,回家;女士们,回家;该收拾东西回家啦。

---

① 原文中,巴奇有时发不出[h]音,因此把"Home"说成了"'Ome"。译文中借用"丫"字来表示他发不出"家"字的辅音。《家,可爱的家》是一首脍炙人口的英国歌曲,为歌剧《克拉里》(1823)的主题歌。

我不是看见炉火(他指了指:从一个窗户里透出红色火光)烧得越来越高了吗?在厨房,在保育室,在客厅和书房?那是丫[家]里的炉火。看哪。咱们的珍妮端来了茶水。现在,孩子们,玩具在哪儿呢?妈妈,你织的毛线活,快点。因为赚钱养家的人(他用指挥棒指着科布斯科纳宅的科贝特)来了,他从城里回到家,从柜台回到家,从商店回到家。"妈妈,喝杯茶吧。""孩子们,到我跟前坐下,我要念故事啦。念哪一个呀?水手辛巴德的故事?还是《圣经》小故事?要不就给你们看画片?都不要?那就把积木拿出来。咱们搭房子,搭个温室。搭个实验室?搭个机械师学院?要不就搭一座塔楼好吗?塔顶飘着我们的国旗;我们守寡的女王在塔楼里,吃过午茶以后,就把失去了父亲的王室子女召到跟前。因为那是丫[家],女士们;那是丫[家],先生们。纵然它从不那么简陋①,哪里都比不上丫[家]。"

留声机有节奏地唱着《家,可爱的家》;巴奇轻轻地摇晃着走下箱子,跟在队伍后面退场。

幕间休息。

"啊,可是它太美了。"林恩·琼斯太太断言。她指的是"家",那灯光照亮的房间、深红色的窗帘,还有爸爸在念故事。

他们把舞台上的湖泊卷了起来,把蒲草拔掉了。真正的燕子掠过真正的草地。可是她看见的仍然是家。

"它从前是……"她重复道,指的仍然是家。

"低级庸俗,我这样评价它。"埃蒂·斯普林格特愤愤地说,她指的是刚才演的剧,她还狠狠地瞟了一眼道奇的绿裤子、带黄

---

① 这句歌词被巴奇先生更改了,原歌词为:"纵然它总是那么简陋。"

点的领带以及没系扣子的西服背心。

可是林恩·琼斯太太看见的仍然是家。工作人员把警察巴奇刚才站的铺红台面呢的台子滚动移走时,她思索着,家是不是有点——不是"不纯洁",这个词不对——或许是"不清洁"的成分呢?就像一小块肉变质发酸,用仆人们的话说,长了毛了。不然的话它为什么消亡了呢?时光走啊,走啊,像厨房钟表的指针那样。(留声机在灌木丛中嚓嚓地响。)她想,假如那些指针没有遇到阻力,没有出错的话,它们仍然会一圈、一圈、一圈地走下去。"家"就还会存在;爸爸的胡子就会接着长啊,长啊;妈妈织的毛线活也会不断增加——她织了那么多东西都怎么处理了?——变化不可避免要发生,她对自己说,否则的话,爸爸的胡子会成码①地增长,妈妈织的毛线活也会成码地增长。这年头,她的女婿把脸刮得很干净,不留胡子。她的女儿有一台冰箱……嗨呀,我想到哪儿去了,她控制住自己的思绪。她的意思是,变化不可避免要发生,除非一切都十分完美;如果一切都完美的话,她猜想,那么一切都可以抵御时间了。天国里就没有变化。

"他们是长得那样的吗?"伊莎突然问。她看着斯威辛太太,仿佛她是个恐龙,或是缩小了的猛犸象。她一定会灭绝,因为她曾生活在维多利亚女王统治的时代。

嗒、嗒、嗒,留声机在灌木丛里响。

"维多利亚时代的人。"斯威辛太太思索着。她古怪地淡淡一笑说:"我不相信有过那样的人。只有像你、我、威廉这样的人,只不过穿的衣服不同罢了。"

---

① "码"为长度计量单位,相当于 3 英尺 36 英寸(0.9144 米)。

"你不相信历史。"威廉说。

舞台上仍空无一人。奶牛群在田野里走动。树下的阴影更浓了。

斯威辛太太抚摸着她的十字架。她凝望着风景,目光茫然。他们猜想,她一定是在想象中进行着周而复始的旅行——把一切融为一体。绵羊、奶牛、野草、树木、我们自己——都融合成了一体。如果声音嘈杂,那就制造和声——如果不是给我们听的,那就给一个长在巨大头上的巨大耳朵听吧。这样一来——她慈祥地笑着——那具体的绵羊、奶牛或人所受的痛苦就成为必须的了;所以——她对着远处的镀金风向标现出灿烂的笑容,像天使一般——我们得出了结论:**一切**声音都是和谐的,如果我们听得见的话。我们会听见的。现在她的目光落在一朵云彩的白色尖顶上。威廉和伊莎看着她微笑,唔,如果遐想能让她感觉舒心的话,就让她遐想吧。

嗒、嗒、嗒,留声机又响起来。

"你们明白她的意思吗?"斯威辛太太说,她突然回到现实当中,"明白拉特鲁布女士的意思吗?"

一直在东张西望的伊莎摇了摇头。

"可是谈到莎士比亚,你也可能说不明白他的意思。"斯威辛太太说。

"莎士比亚和玻璃碗琴①!"曼瑞萨太太插嘴说,"哎呀,你们这些人让我感觉自己是个没开化的野蛮人!"

---

① 此引语出自英国作家奥利弗·哥尔德斯密斯(1730—1774)的小说《威克菲尔德的牧师》第九章。"莎士比亚"和"玻璃碗琴"都是贵妇人谈论的高雅话题。玻璃碗琴是一种古代乐器,由一系列形状各异、音调不同的玻璃容器组成,能发出类似铃铛的声音。

她转向贾尔斯。她郑重地请求他帮助,以反对这种对人类快乐心灵的攻击。

"无稽之谈。"贾尔斯喃喃地说。

舞台上什么都没有出现。

曼瑞萨太太手上戴的几个戒指闪烁出点点红光和绿光。贾尔斯看看这些戒指,又看看露西姑妈,目光从姑妈移向威廉·道奇,从道奇又移向伊莎。伊莎不肯正视他的眼睛。他低下头看看自己的沾有血迹的网球鞋。

他(无言地)表达:"我真是太不幸了。"

"我也是。"道奇有同感。

"我也是。"伊莎想。

他们都被人抓捕,被人囚禁;他们都是囚徒,在观赏着一个场景。舞台上没有动静。留声机的嗒嗒声简直让人发疯。

"小毛驴,往前走,"伊莎念念有词,"穿越沙漠……驮着重担……"

就在她的嘴唇一张一合的时候,她感觉道奇的目光落在她的身上。总是有某种冷冷的目光爬过表面,像冬天的一只反吐丽蝇!她很快地把它弹掉了。

"他们用了这么长的时间!"她恼怒地说。

"又一次幕间休息。"道奇看着节目单读道。

"休息以后是什么?"露西问。

"'现在'。'我们自己'。"他读道。

"上帝保佑,希望那是最后一幕。"贾尔斯愤愤地说。

"你现在可是够淘气的。"曼瑞萨太太责备她的小男孩,她那愠怒的英雄。

大家都没有动。他们坐在那里,对着空空的舞台,对着奶牛,对着草场和风景,与此同时,留声机在灌木丛里嗒嗒作响。

"这次演出是什么目的?"巴塞罗缪突然打起精神问。

"演出的全部收益,"伊莎看着字迹模糊的复写节目单读道,"将纳入给教堂安装电灯的基金。"

"我们村所有的节庆活动,"奥利弗先生转向曼瑞萨太太,粗声粗气地说,"最后都得找人们要钱。"

"那是理所当然的,理所当然的。"她喃喃地说,表示不赞成他那严厉的口气;硬币在她的镶珠钱包里叮当作响。

"在英国什么事都不能白干。"老人继续说。曼瑞萨太太与他争辩。也许维多利亚时代的人是那样的,可是我们自己肯定不是那样吧?她真的相信我们都是无私的吗?奥利弗先生问她。

"啊,你们不了解我的丈夫!"这位大自然的野孩子大声说,一面像演戏那样做了一个亮相。

值得爱慕的女人!你可以相信,她会在时钟敲整点时大叫,像闹钟一样;她会在铃声响时停下来,像旧时拉驿车的马一样。奥利弗没有说话。曼瑞萨太太拿出镜子端详自己的脸。

他们所有的人都很恼火。他们坐在露天地里,任凭风吹日晒。留声机嗒嗒作响。没有音乐。连公路上汽车鸣笛的声音都能听见。还有树木的沙沙声。他们既不是这个,也不是那个;既不是维多利亚时代的人,也不是他们自己。他们没有属性,处于一种悬空状态。留声机仍在嗒、嗒、嗒地响。

伊莎在座位上不安地扭动身子,一面左顾右盼。

"二十四只乌鸫,拴在一根绳上。"她念叨着。

"来了一只鸵鸟、一只老鹰、一个刽子手,

"'你们哪个已长成,'他说,'能作馅饼里的馅?

"'你们哪个已长成,你们哪个已准备好,

"'来吧,漂亮的先生,

"'来吧,漂亮的女士。'……"

拉特鲁布女士还要让他们等多长时间?"现在。我们自己。"他们读着节目单上的话。然后他们读下面一行:"演出的全部收益将纳入教堂电灯安装基金。"教堂在哪儿?在那边。你从树丛里能看见教堂的尖塔。

"我们自己……"他们的目光又回到节目单上。可是她能了解多少关于我们自己的事呢?了解伊丽莎白时代的人,那是肯定的;了解维多利亚时代的人,那有可能;但是,我们自己的事,要了解我们这些在一九三九年六月的一天坐在这里的人的事——简直是笑话。了解"我自己"——那是不可能的。了解别人,也许……住在科布斯科纳宅的科贝特、那位少校、巴塞罗缪老人、斯威辛太太……了解他们,也许吧。可是她没法了解我——不可能,没法了解我。观众都在座位上不安地动来动去。笑声从灌木丛里传了出来。可是台上没有任何动静。

"她为什么要让我们等那么长的时间?"梅修上校忿忿地说,"如果他们演现在的事,根本用不着化装。"

梅修太太表示赞同。当然啦,除非她想在剧终安排一个大合唱。陆军、海军、英国国旗,在这些的后面也许——梅修太太在描述如果她导演这部露天剧的话会怎样做——也许是一座教堂。用硬纸板做的。有一个朝东的窗户,里面灯火辉煌,用来象征——她到时候会想出来的。

"她在那儿,在树后边。"她指着拉特鲁布女士小声说。

拉特鲁布女士站在那里,眼睛盯着剧本。她本来是这样写的:"维多利亚时代演过之后,试着用十分钟展示'现在'。燕子、奶牛,等等。"她想让他们接触当前的现实,或者形象地说,让他们受到当前现实的冲洗。但是这个试验不知怎的出了问题。"现实过于强大了,"她嘟囔着,"他们真该死!"她感觉到了他们所感觉的一切。观众就是魔鬼。啊,要是能写一部不给观众看的剧本该多好呢——那才是**纯粹**的话剧。可是眼下她正在引导观众。每一秒钟他们都在悄悄地溜出她设下的圈套。她的小把戏出了错。她要是在树木之间挂上一块背景幕布就好了——就可以把奶牛、燕子、"现在"都排除在外了!可是她什么东西都没有。她已经禁止放音乐了。她用手指头抠着树皮,咒骂着观众。她突然感到一阵惊慌。血液似乎从她的鞋子里流了出来。这就是死亡,死亡,死亡,她把这个感受记录到心灵的边缘上;幻想失败的时候,确实如此。她站在那里,面对观众,手都抬不起来了。

随后,下起了阵雨,很突然,雨很大。

刚才谁都没看见那片云彩飘过来。现在它来了,乌黑、膨胀,就在他们的头顶之上。它化成了雨水倾盆而下,仿佛全世界的人都在哭泣。眼泪,眼泪,眼泪。

"啊,但愿我们人类的痛苦就此结束!"伊莎喃喃地说。她抬起头,接到了两大片雨水,把整个脸都打湿了。雨水从她的面颊流下来,就像她自己的泪水。但那是所有的人的泪水,为所有的人而流淌。人们纷纷抬起手,这里那里一把把遮阳伞打开了。这雨来得很突然,下的面也广。后来雨停了。草地里升腾出一股新鲜的泥土气息。

"终于完成了。"拉特鲁布女士长出了一口气,擦掉了脸上的雨水。大自然又一次参加了演出。这说明她冒着风险在露天演出是做对了。她挥舞着剧本。音乐开始了——A. B. C.——

A.B.C.这曲子再简单不过了。可是既然阵雨已经下过了,这曲子就代表另一种声音了,它不是任何具体的人的声音。这种为人类受不完的痛苦而哭泣的声音说:

> 国王在会计室里,
> 数着他的钱币;
> 王后在会客室里……

"啊,我的生命会在这里结束。"伊莎喃喃地说(她很小心,不动嘴唇)。她愿意把自己的一切财宝都送给这个声音,假如那样做能让眼泪不流的话。那声音的一点转折能够占据她的全部身心。在被雨水浸透了的土地的祭坛上,她摆上了自己的祭品……

"啊,看啊!"她大喊。

那是一架梯子。那是一面墙(一块抹了颜色的布)。那是一个背着灰砂斗的男人。记者佩奇先生舔着铅笔尖记录着:"拉特鲁布女士用她能支配的有限经费向观众展现了文明(那面墙)处于废墟之中,人类正在努力重建它(背灰砂斗的男人就是证明,递砖头的女人也是证明)。任何一个傻瓜都会明白这一点。现在一个戴着毛茸茸假发的黑人上场了,一个缠着银色头巾的咖啡色皮肤的人也上场了;他们大概象征着……联盟①……"

突然响起了一阵掌声,表达了观众欢迎这一赞扬我们自己的场面。当然啦,这种表现方法粗糙了点。可是她得降低开支呀。那块涂抹了颜色的布必须表达——《泰晤士报》和《每日电

---

① 原文为"the League of…",指"the League of Nations"(国际联盟)。国际联盟是第一次世界大战末由胜利方协约国首倡建立的国际合作组织,其宗旨是通过仲裁国际争端和裁减军备来维护世界和平与安全。1919 年成立,1946 年解散,由联合国继续其使命。

讯报》当天早晨的社论的意思。

那曲子哼唱着：

> 国王在会计室里，
> 数着他的钱币；
> 王后在会客室里，
> 吃着……

突然间曲子停了。又换了一支曲子。是圆舞曲，对吧？有些熟悉，又有些陌生。燕子随着乐曲起舞。它们飞得很快，绕着圈子，飞进飞出。是真正的燕子。它们飞走了，又飞回来。还有那些树，啊，那些树，是多么严肃庄重啊，活像正在议会里开会的参议员，或者像某个天主教堂里有一定间隔的廊柱……是啊，它们把乐曲隔成小节，并积累和收集音符；它们阻止流动的乐曲外溢。那些燕子——是圣马丁鸟①吧？——巡礼庙宇的燕子②，它们来了，它们总到这里来……是啊，它们栖息在那面墙上，似乎预示了《泰晤士报》昨天说的究竟是什么事。将要建起很多家园。每套公寓都有冰箱，嵌在有裂缝的墙里③。我们每一个人都是自由人；碟子都由机器来洗；没有飞机烦扰我们；所有的人都得到了解放；所有的人都成了人格完整的人……

乐曲变了，突然发出尖声，突然变了调，声音刺耳。是狐步舞曲吗？是爵士乐吗？不管怎么说，乐曲的节奏像一匹野马，前腿踢出，后腿直立，突然停下。丁零当啷的多闹啊！哎，她就有

---

① 燕子的一种，因常在圣马丁节迁徙而得名。
② 此引语出自莎士比亚戏剧《麦克白》第一幕第六场。
③ "在有裂缝的墙里"出自英国诗人丁尼生（1809—1892）的诗歌《花儿开在有裂缝的墙里》。

那么一点经费,你不能要求得太高嘛。噼啪的声音,刺耳的声音!什么都没有结束。那么突兀,那么败落。如此的愤怒,如此的侮辱;它并不平庸。非常时髦,一切都时髦。她玩的是什么把戏?为了打乱秩序?为了竞走和小跑?为了蹦跳和假笑?为了把手指头放在鼻子上?为了斜眼窥视?为了登高窥探?啊,这一代人不懂得尊重传统,不过他们只是暂时被称作"年轻的一代"而已——感谢上帝。他们不懂得建设,只懂得破坏,他们把旧的观点撕成碎片,把完好的东西砸成碎末。声音太刺耳了,噼啪声、哐啷声,还有咿哺——人们把绿啄木鸟叫作"咿哺",这种鸟能发出笑声,从一棵树疾飞到另一棵树。

看啊!他们从灌木丛那边过来了——什么样的人都有。小孩子?小鬼——小精灵——恶鬼。他们手里拿着什么?罐头盒?卧室的蜡烛台?旧罐子?哎呀,那是牧师宅里的大穿衣镜!还有那个小镜子——我借给她的那个,是我母亲的,上面有裂纹。这是什么意思?一切照得见人的光亮的东西,大概是要反映我们自己吧?

我们自己!我们自己!

他们一跃而出,晃动身子,蹦蹦跳跳。镜子的光闪动着,舞动着,跳跃着,亮得刺眼。现在是老巴特……他被镜子照到了。现在是曼瑞萨。这边照到一个鼻子……那边照到一条裙子……然后只照到几个人的裤子……现在大概照到了一张脸。……这是我们自己吗?可是这样做未免太残酷了。就这样捕捉我们的实际形象,可我们还没来得及装扮……而且照出的映象只是局部的……这样一来,扭曲了人的形象,让人沮丧,而且一点儿都不公正。

许多梳妆镜扫过来,掠过去,一闪而过,与人们嬉戏;它们跳动着,闪烁着,暴露着人们的形象。后排的观众纷纷站起来看热闹。他们坐下时,也被镜子照到了,也看到了自己的形象……如此被暴露实在太可怕了!就是对那些老人来说也是如此(我们不妨这样猜想),尽管他们已不再注意自己的脸是否好看。……上帝啊!这一阵阵丁零当啷和嬉笑怒骂的声音!奶牛也加入了这场喧嚣。它们窜来窜去,摇着尾巴,沉默的本性已荡然无存,本该用来区分人类主人和野兽的那些障碍消失了。后来,狗也参加进来了。它们因为会场的喧嚣而激动不已,忧心忡忡地跑着,它们过来了!看看它们吧!还有那只猎犬,那只阿富汗猎犬……看看它吧!

然后再看看那个站在大树后面的不知叫什么名字的女士,她在无法控制的喧嚣之中召唤灌木丛里的演员上场——或许是**演员们**自己突然跑了出来——有贝丝女王①、安妮女王、林荫道上的姑娘、"理性时代",还有警察巴奇。他们都来了。还有那些朝圣客。还有那对恋人。还有那个大座钟。还有那个留着络腮胡子的老头。他们都出现了。不仅如此,他们每个人口中念念有词,说的是各自角色的台词中的只言片语。……我的头脑有点儿不大健全……(一个人说)。另一个人说:我是"理性"……我呢,我是戴高顶大礼帽的要人。……猎人回家了,从山上回到家②……家?矿工在那里流汗,信仰女郎被粗暴地亵渎。……柔和的清风,柔和的清风,来自西海的风③……在我眼前的是那把匕首吗?④……猫头鹰鸣叫,常春藤开玩笑,啪啪啪地拍打窗玻璃……小姐,我至死都爱着您,离开您的闺房出来

---

① 即伊丽莎白女王。贝丝为伊丽莎白的昵称。
② 此句源自苏格兰作家斯蒂文森(1850—1894)的诗歌《安魂曲》。
③ 《柔和的清风》是英国诗人丁尼生(1809—1892)写的诗歌。
④ 此引语出自莎士比亚戏剧《麦克白》第二幕第一场。

吧……蠕虫在那里编织自己的裹尸布……我愿作一只蝴蝶。我愿作一只蝴蝶……我们的和平仰仗您的意志①……嘿,爸爸,拿起书,大声朗读吧……听呀,听呀,狗确实在叫,乞丐们……

那面大穿衣镜实在太重了。尽管年轻的邦索普有着强健的肌肉,他再也拖不动那倒霉东西了。他停了下来。他们也都停了下来——那些有柄的小镜子、罐头盒、炊具室的玻璃、马具室的玻璃、雕刻着许多花纹的镜子,都停了下来。观众虽然看到了自己,当然不是整个人,但他们毕竟坐着没动。

大钟上的指针停在当前的时刻。这就是现在。"我们自己。"

那么说,这就是那位女士的小把戏啦!目的是向我们展现自己本来的面貌,就在此时此地。大家都挪了挪位置,整理一下衣服,假作斯文;他们举起了手,挪动着腿。就连巴特,就连露西都转过脸去了。大家都在躲避,或者是遮挡自己——除了曼瑞萨太太以外,她正视着镜子里的自己,并利用这面镜子化妆;她拿出小镜子,往自己的鼻子上抹粉,并把被风吹乱的一绺卷发捋回原来的位置。

"太棒了!"老巴塞罗缪喊道。只有她一个人维护了自己的身份,丝毫没有羞怯的表情;她面对着自己,连眼睛都不眨。她平静地往嘴唇上抹口红。

拿镜子的人蹲了下来,他们怀有敌意,细心观察,充满期待,充当解释者。

"那就是他们的形象。"坐在后排的人窃笑起来。"难道我们就得被动地接受这种恶意的侮辱吗?"坐在前排的人不满地说。每一个人都转过头,假装跟旁边的人说话——哎,说任何到

---

① 此引语出自意大利诗人但丁(约1265—1321)的《神曲》之《天堂篇》。

了嘴边的话都行。每一个人都设法挪动一两英寸,躲开那种探寻隐私的、侮辱人的目光。有的人做出要走的姿态。

"我想,话剧演完了,"梅修上校嘟囔着,一面拿起帽子,"是时候了,该……"

可是他们还没来得及得出任何共同的结论,一个人的声音响了起来。究竟是谁的声音,没有人知道。它出自灌木丛里——是一个通过扩音器传出来的不熟悉的说话声,音量很高,语气十分肯定。那声音说:

女士们,先生们,在我们分手之前,在我们还没去……(已经站起来的人又坐了回去)……让我们用单音节词[①]说话,不用添加什么,不用填充什么,也用不着术语。让我们打破话剧的节奏,忘掉话剧的节奏。平静地想想我们自己吧。有的人瘦,有的人胖。(那些穿衣镜证实了这一点。)我们大多数人是说谎者,也是窃贼。(那些穿衣镜对此未加评论。)穷人像富人一样坏,也许比他们更坏。别用破衣服藏身。也别用我们的制服保护自己。不要看重书本知识,或高超的钢琴技艺,或卓越的油画技艺。不要以为童年就天真无邪。想一想绵羊吧。不要以为爱情就一定忠诚。想一想狗吧。不要以为那些留着白胡子的老人就一定有美德。想一想各地持枪杀人的人和投炸弹的人吧。他们公开地干着我们偷着干的事。比如说(此时用扩音器讲话的人采用了口语体的、谈话的口气),M先生的带阁楼的平房。窗外的风景遭到永久性的破坏。那简直是谋杀。……还有E太太的口红和血红色的指甲。……要记住,一个暴君是半个奴隶。还有作家H先生的虚荣心,他为了得到价值六便士的名望在粪

---

① 英语中的单音节词来自最古老的盎格鲁-撒克逊语,均属基本词汇。

堆里挖个不停……然后是那位住在庄园宅邸的贵妇人用和气的方式表达的鄙夷——那是上层阶级的做派。还有从股市买了股票再卖出去。……哎,咱们都一样。以我自己为例。我虽然藏在灌木丛里,藏在树叶之中,可是我逃脱自我谴责了吗?避免佯装义愤了吗?这里有一首韵诗能说明(尽管有人会抗议或想毁掉我)我也受过一些,怎么说呢,受过一些教育……女士们,先生们,看看我们自己吧!然后再看看那面墙;问问自己,那面墙,那面被我们叫作(也可能错误地叫作)"文明"的大墙,怎么由我们这样的饭渣、油渣和碎片去建设呢?

尽管如此,我在这里要变换(通过押韵短诗的形式,请您注意)一首格调高一点的歌——里面会提到我们对小猫的仁慈;还要注意今天的报上说的"他被妻子真诚地爱过";要注意一种冲动,它促使我们——你们要注意,趁没人看见的时候——在午夜时分走向窗口,去闻豆子的气味。或是要注意某个穿着凉鞋、满脸丘疹的脏兮兮的小人物坚决拒绝出卖自己的灵魂。确实有那么一种东西——你不能否认它。是什么呢?你看不见它吗?你们所看见的自己的形象难道仅仅局限于饭渣、油渣和碎片吗?好,那么就听听留声机的肯定……

这时出了点故障。唱片原来是混着放的。狐步舞曲、《芬芳的薰衣草》、《家,可爱的家》、《统治吧,不列颠尼亚》——负责放音乐的吉米满头大汗,他把那几张唱片扔到一边,把该用的唱片放进了留声机——是巴赫①、亨德尔②、贝多芬③、莫扎特④,

---

① 巴赫(1685—1750),音乐史上最伟大的德国作曲家之一。
② 亨德尔(1550—1591),捷克斯洛伐克作曲家,以创作宗教音乐闻名。
③ 贝多芬(1770—1827),德国作曲家,被公认为有史以来最伟大的作曲家。
④ 莫扎特(1756—1791),伟大的奥地利天才作曲家,维也纳古典乐派的中心人物。

还是哪个没名气的作曲家写的呢？还是一支传统曲子呢？不管怎么说,要感谢上天,在那个可恨的扩音器发出了不熟悉的刺耳乐声之后,终于传来了一个人的说话声。

像水银滑动,像金属末被磁铁吸引,那些东张西望的人把注意力又集中起来了。乐曲开始了;第一个音符暗示着第二个音符,第二个音符暗示着第三个音符。然后从底下涌出一股与其抗衡的力量,随后又是一股。两股力量在不同的层面上向不同的方向流动。我们自己也在不同的层面上往前走。一些人停留在表层采花;其他人走下去费力搞清乐曲的意蕴;可是所有的人都在努力理解,都被动员起来参加进去。所有的心灵无比深邃的人都聚集到一起,他们来自没有受保护的人和没有受伤害的人;黎明在混沌与不和谐的曲调中升起,天空呈现出湛蓝色;可是并非只有表层声音的旋律在控制它,还有交战双方那些戴着羽毛头饰、奋力进击的武士也在控制它。是为了分离吗？不是。他们从地平线的边缘被逼到这里,从可怕的冰川裂隙被召回这里,他们猛力攻击,解决了战斗,又团结在一起。有的人松开了手指头;其他人放下了跷起的腿。

那个声音是我们自己吗？饭渣、油渣和碎片,难道我们是那种东西吗？那个声音消失了。

像退去的潮水显露出一切,像散去的浓雾揭示出一切,他们抬起眼皮,睁大眼睛（曼瑞萨太太的眼睛湿润了,眼泪一下子就破坏了她脸上抹的粉）就看见了一个戴着教士的硬领的男人悄悄地登上一个肥皂箱,犹如退去的潮水显露出流浪汉的一只旧靴子。

"G.W.斯特里特菲尔德牧师大人,"那位记者舔着铅笔尖记录着,"接着讲话……"

所有的人都目不转睛地看着他。这位牧师肯定很拘束,很紧张,简直到了荒唐的地步,真让人无法忍受!一个穿着教士服的牧师出来作总结,这绝对是各种奇特的景象中最怪异的。他张开了嘴。啊,上帝,保护我们不被污秽的词语亵渎,保护我们免受不纯净的词语污染!我们有什么必要非用词语来提醒自己呢?我就一定是托马斯,你就一定是珍妮吗?

就像一只秃鼻乌鸦悄悄地跳上了一根显眼的秃树枝,牧师摸着硬领,清了清嗓子。有一个事实减缓了观众的恐惧感;他习惯性地竖起来的食指上有烟草油的污渍。他并不是那么坏的人啊,这位 G.W. 斯特里特菲尔德牧师大人;他是教堂里的一件传统家具:一个放在墙角的橱柜,或者是院门顶上的横梁,是由一代又一代的乡村木匠按照某种已湮没的古老样板打造出来的。

他看了看观众,又抬头看了看天。所有在场的人,乡绅也好,平民也好,都觉得很尴尬,为他,也为自己。他站在那里,是他们的代言人、他们的象征,就是他们自己;他是一个笑柄、一个笨蛋,受到化妆镜的嘲笑,遭到奶牛的忽视,受到那些不断重组天国美景的云彩的谴责;他是一根开叉的木桩,与夏季宁静世界的流畅和壮丽格格不入。

他开头的几个字飘走了(风大了,树叶沙沙作响)。然后人们听见他说"什么"。他又添了一个词"信息";最后说出了整个句子;那句子语义不清,只是能让人听得见罢了。他似乎在问:"什么信息?我们的露天历史剧传达了什么信息?"

他们按照传统的做法把两只手交叉在一起,就像坐在教堂里。

"我一直在问自己,"——他重复了一遍——"这出露天历史剧要传达什么意思,或什么信息?"

如果连他这个自称牧师大人和硕士的人都不知道,那谁还能知道呢?

"作为一个观众,"他继续说(词语现在有了意义),"我只能冒昧地讲一讲,要知道我不是评论家,"——他用发黄的食指摸了摸脖子周围的白硬领(像白色的门)——"讲一讲我对这部剧的'理解'。不对,'理解'这个词太过分了。那位天才的女士……"他环顾四周。拉特鲁布女士不见了踪影。他接着说:"我只是以一个观众的身份讲话,我承认我刚才感到困惑。于是我问,给我们演这几场戏的理由何在? 简单地说,我们今天下午的演出,确实经费有限。然而我们还是看到了不同的演员组合。如果我没弄错的话,我们看到了他们在努力创新。有几个人被选上当主演,还有很多人在舞台后部串场。这一点我们肯定都看到了。可是话又说回来了,这部剧难道不是想让我们明白——我是不是太武断了? 我是不是像众天使那样,涉足了我这个傻瓜本来不该涉足的领域①? 在我看来,这部剧至少说明,我们都是这个或那个团体的成员。每一个人都是整体的一部分。是啊,我刚才在观众席和你们坐在一起的时候,突然想到了这一点。我不是感到这位哈德卡斯尔先生,"(他指着他说)"曾一度是北欧海盗②吗? 还有,我不是在哈兰登夫人——如果我说错了姓名,请原谅——的身上看到坎特伯雷朝圣客的影子吗? 我们虽然扮演不同的角色,但实质是一样的。这一点由你们去考虑。再回到正题。在这出话剧,或者说露天历史剧演出的过

---

① 此典故出自英国诗人蒲柏(1688—1744)的诗歌《论批评》中的一句:"因为傻瓜常闯进天使不敢涉足的领域。"牧师使用此典故时有所歪曲。
② 北欧海盗指公元 8 世纪至 10 世纪之间从海上入侵英格兰的北欧人,特别是芬兰人。这里牧师的意思是,哈德卡斯尔先生的祖先可能是北欧海盗。

程中,我的注意力分散了。大概这也是导演的一个意图吧?我当时想,我感觉大自然也在戏里扮演了角色。我问自己,我们敢把生命仅仅局限于我们自己吗?我们能不能断定有一个精灵在鼓舞,渗透……"(许多燕子围着他飞来飞去。它们似乎明白他的意思。随后它们很快地飞得无影无踪了。)"这一点由你们考虑,我到这儿来不是为了做解释。没有人给我指派这样的角色。我只是以一个观众的身份,以我们当中一个成员的身份讲话。刚才我也在镜子里看见了自己,就像我在自己的小镜子里看见自己一样……"(笑声)"饭渣、油渣和碎片!当然,我们总该团结吧?"

"可是,"("可是"一词标志着新一段话的开头)"我也用另一种身份说话。作为教堂基金会的主管。以这个身份,"(他看了看一张纸)"我很高兴地告诉你们,今天下午的娱乐活动已经募集了三十六英镑十先令八便士,以实现我们的目标:解决我们老教堂的照明问题。"

"掌声。"记者记录道。

斯特里特菲尔德先生停顿了片刻。他在倾听。他是不是听见了远处的什么音乐?

他继续说:"可是还有差额,"(他看了看那张纸)"还差一百七十五英镑多一点。所以我们每个观赏了这部剧的人还有一次机……"这个词被断成了两半,是嗡嗡的声音打断的。十二架飞机排成整齐的阵容,像一队飞翔的野鸭,朝着他们的头顶上方飞来。原来他刚才倾听的音乐就是**这声音**。观众张大嘴;观众凝望着。嗡嗡声变成了隆隆声。飞机飞过去了。

"……会,"斯特里特菲尔德先生接着说,"捐款。"他做了个手势。刹那间,几个募捐箱行动起来。它们从镜子后面突然冒了出来。铜币咣当响,银币叮当响。可是,哎呀,多遗憾啊——简直让人起鸡皮疙瘩!傻子艾伯特来了,他摇晃着募捐箱——一个没有盖的铝炒锅,弄出丁零当啷的声音。你总不能拒绝他这个可怜人的请求吧。人们把先令硬币投了进去。他摇晃着炒锅,痴痴地笑着;他念念有词,语无伦次。帕克太太捐款的时候——顺便提一下,她捐了半个克朗①——她请求斯特里特菲尔德先生驱除这一邪行,并扩大他的宗教保护范围。

那位好牧师怀着善意打量着傻子。他暗示,他的信仰也为他留有一席之地。斯特里特菲尔德先生似乎在说,傻子也是我们的一部分。但不是我们喜欢承认的一部分,斯普林格特默默地补充道,一面把六便士硬币投进募捐箱。

由于思考傻子的事,斯特里特菲尔德先生一时想不起刚才讲到哪里。他似乎失去了驾驭语言的能力。他摆弄着表链上的十字架,然后把手伸进裤袋里掏什么东西。他悄悄地拿出一个小小的银盒子。大家都很清楚,自然人的自然愿望控制了他。他不需要再用词语了。

"现在,"他接着前面的话题讲,一面把打火机攥在手掌里,"我要履行我的职责中最愉快的部分。我提议大家投票感谢那位天才的女士……"他环顾四周,想找到符合这一称谓的人。他没看到这样的人。"……她似乎希望隐姓埋名。"他停了一下,"所以……"他又停了下来。

这是个很尴尬的时刻。如何结尾呢?该感谢谁呢?使他感觉痛苦的是,他能听见大自然里的每一个声音:树叶的沙沙声、奶牛的打嗝声,甚至燕子掠过草地的声音。可就是没有人说话。

---

① 英国货币单位,相当于 25 便士。

153

他们能找谁来承担责任呢？为这次演出,他们能感谢谁呢？难道就没有人吗？

此时灌木丛后面传来慌张的脚步声,还有刮东西的声音,预示着要出问题。一根唱针刮坏了唱片;嚓、嚓、嚓;然后它找到了声道,又传来低沉的声音和快速移动的声音,它预告:上帝……(他们都站了起来)保佑国王①。

观众面对演员站着;演员们也抱着募捐箱站着,一动不动;他们的化妆镜都藏起来了,他们身上穿的各种角色的长袍也垂下不动了。

快乐又荣光,

统治我们万年长,

上帝保佑国王。

音符逐渐消失。

这就是剧终吗？演员们不愿意退场。他们滞留在舞台上,随便地站在一起。警察巴奇与老贝丝女王谈话。"理性时代"与扮演驴子前半身的演员亲切交谈。哈德卡斯尔太太抚平圈环裙上的褶子。小"英格兰"毕竟是个孩子,她吸吮着一块袋装薄荷硬糖。他们还都穿着演出服装,每一个人继续扮演着尚未演完的角色。美降临到他们身上。美也揭示出他们的本质。是不是由于光线的缘故？——是不是傍晚时分那逐渐消逝的、并不好奇但仍在寻觅的柔和光线,揭示出了水塘深处的奥秘,甚至让红砖平房光芒四射？

"看啊,"观众低声说,"嘿,看啊,看啊,看啊——"他们再次

---

① 《上帝保佑国王》,又名《上帝保佑女王》,是英国国歌。

鼓掌;演员们手拉着手向观众鞠躬。

林恩·琼斯太太一边摸索着找手提包,一边叹气说:"多遗憾呀,他们必须换掉戏装吗?"

可是已经到了收拾东西回家的时候了。

"先生们,回家吧;女士们,回家吧;该收拾东西回家啦。"记者一面吹着口哨,一面把橡皮筋套在笔记本上。帕克太太弯下腰。

"我可能掉了一只手套。很抱歉打扰你。就在下面,在两个位子中间……"

留声机的乐曲用一种不可否认的、得意而惜别的语气肯定地说:我们离散了;我们刚才走到了一起。可是,留声机强调说:让我们把造成那种和谐的一切都保持下去吧。

观众(有的弯着腰,有的仔细看,有的找东西)做出了回应:啊,让我们还在一起吧。因为有人陪伴才有欢乐,温馨的欢乐。

我们离散了,留声机重复道。

观众转过身看见了那些火红的窗户,每个窗户都点染上了金色的阳光;他们念叨着:"家,先生们,可爱的……"然而他们并没有马上走,他们透过金色的光辉大概看见锅炉上有条裂缝,大概看见地毯上有个洞,大概还听见了每日的账单投进邮箱的声音。

我们离散了,留声机告诉他们,并打发他们回家。于是,他们最后一次伸直了腰,各自抓起也许是一顶帽子、一根手杖或一双鹿皮手套;他们最后一次向巴奇和贝丝女王鼓掌,也向那些树木、那白色的路、博尔尼教堂和霍格本的怪楼致意。他们打着招呼各自散开,他们穿过草坪,走下小路,经过波因茨宅来到布满沙砾的新月形地带,那里停着许多小汽车、自行车和摩托车,非常拥挤。

朋友们很随便地互相打着招呼。

有一个人说:"我认为刚才那位不知叫什么名字的女士应该走出来,不应该把事都交给牧师……毕竟是她写的剧本嘛……我当时认为这个剧非常巧妙……啊,亲爱的,我当时认为它纯粹是胡说八道。你明白它的寓意吗?哦,他说她的意思是,我们大家都扮演各种角色。……如果我没听错的话,他还说,大自然参加了。……后来是那个傻子。……还有,正像我丈夫刚才说的,如果是历史剧的话,为什么没有军队呢?如果一个人的精神激活了全体人民的话,那么那些飞机会怎么样呢?……哎,你的要求也太高了。别忘了,这到底是村里人演的话剧嘛。……在我看来,我认为他们刚才应该投票感谢演出场地的主人。过去我们举办露天历史表演的时候,草地要到秋天才能恢复原样……后来我们就搭帐篷了……那个人就是科布斯科纳宅的科贝特,他参加了所有的花展,得到了所有的奖。我本人不喜欢得奖的花,也不喜欢得奖的狗……"

我们离散了,留声机得意地而又痛苦地唱道。我们离散了……

"可是你们必须记住,"那几个老太婆说,"它们办演出不得不少花钱。在这个季节,你找不到人来排练。有晒干草的活儿要干,更别说放电影了。……我们需要的是一个中心。需要能把大家聚拢到一起的东西……布鲁克全家去了意大利,什么都不顾了。太草率吗?……如果发生了最坏的情况,他们要雇一架飞机,他们是这么说的。……让我觉得好笑的是,老斯特里特菲尔德掏钱包的样子。我喜欢男人言行自然,不要总是高高在上。……后来从灌木丛里传来那些说话声。……祭司?你说的是希腊人吧?我们就是祭司,如果这样说不算不虔敬的话,我们不是预示了自己的宗教吗?这宗教是什么?……皱胶鞋底?很实用……这种鞋底耐穿,而且能保护脚。……可是我刚才说过:基督教能适应新的情况吗?在这种时候……在拉廷,没有人去教堂……有狗,还有电影。……真奇怪,科学正把一切事物弄得(打个比方说)更精神化了,这是他们告诉我的。……最新的观念是,没有什么坚实可靠的东西……嘿,你可以透过那些树看一眼教堂。……

"昂费尔比先生!看见你真高兴!你一定要来吃饭……啊,不了,我们要回城里去。议会要开会了……我刚才告诉他们,布鲁克全家去了意大利。他们已经参观过火山了。印象特别深,他们是这么说的——他们真幸运——看见了火山爆发。我同意——欧洲大陆的形势看起来比以往任何时候都要糟。想一想吧,如果他们真要侵略我们,英吉利海峡算得了什么?那些飞机,我当时不想说,让人深思。……不,我当时认为说了显得太好战了。就拿那个傻子作为例子。她是不是指某种,打个比方说,某种隐蔽的东西,也就是他们所说的'无意识'?可是为什么总要把性爱扯进去。……我承认,说我们仍然是没开化的野蛮人,确实有点道理。那些抹着红指甲的女人。她们还精心打扮——那是什么?我猜,是那个老野人。……那是钟声。叮当。叮……不过是个有裂纹的旧钟……还有那些小镜子!照出了我们的模样……我管这个叫残酷。你在没有防备的情况下被照上,觉得自己简直是傻瓜……看,斯特里特菲尔德先生,我想他是去主持教堂的晚间祈祷仪式。他得快点走,要不然就没有时间换衣服了……他说她的意思是咱们都参加了演出。是啊,可是咱们演的是谁的剧呢?哈,那正是问题所在!可是如果我们看了剧还提出这么多问题的话,那个剧不就失败了吗?我得说,如果去剧场看戏,我希望切实感觉到我已经明白了剧的寓意……也许那就是她的意图吧?……叮当。叮……她是不是说,如果我们不急于作结论的话,如果你思考,我也思考的话,也许总有一天我们这些想法不同的人会想到一起去的?

"亲爱的卡尔法克斯老先生在那边……我们可以用汽车带你一程吗,如果你不介意夹在两人中间的话?卡尔法克斯先生,我们刚才正提问题呢,关于那出戏。现在谈的是化妆镜——它们的寓意是不是,镜子里的映像是个梦;还有那音乐——是巴赫的,亨德尔的,还是不知什么人写的——那音乐代表真理吗?要不然就是两者颠倒过来?

"哎呀!乱套了!好像谁都看不出自己的汽车了。这就是我安装吉祥物的原因,猴子吉祥物……可是我看不见它……咱们等着吧,告诉我,刚才下雨的时候,你有没有感觉到是有人在为我们所有的人流泪?有一首诗,开头是,**眼泪、眼泪、眼泪**。接着是,**啊,那倾泻而下的海洋**①……可是下面的我想不起来了。

"后来,在斯特里特菲尔德先生说一个人的精神激活了全体人民的时候——飞机打断了他的话。这是在户外演剧的最大缺点。……当然啦,除非她就是要这样的效果……哎呀,这种停车安排实在不能说妥当……我当初也不会想到有这么多西斯巴诺-苏莎牌汽车……那是辆劳斯莱斯……那是辆宾利……那是辆新型号的福特。……书归正传,接着说话剧的寓意——机器是魔鬼呢,还是带来了混乱……叮当,叮……借助它我们达到了最后的……叮当……带猴子吉祥物的车在这儿呢……快上

---

① 出自美国著名诗人惠特曼(1819—1892)的诗《眼泪》。

车……再见了,帕克太太……给我们打电话。下次我们再来的时候,别忘了……下次……下次……"

汽车轮子在沙砾路上跑了起来。汽车都开走了。

留声机的声音仍在潺潺流淌:团结——离散。它说:团……离……然后停止了。

客人都走了,只剩下先前一起吃午饭的那几个人还站在台地上。朝圣客们已把草地踏出了一道痕迹。草坪也需要彻底清理。明天电话铃就会响了:"我是不是忘了拿我的手提包?……一副装在红皮盒里的眼镜?……一个对别人没用但对我很有价值的很旧的小胸针?"明天电话铃会响的。

现在奥利弗老先生说:"亲爱的夫人。"一面拉过曼瑞萨太太戴着手套的手,轻轻地按了一下,似乎是说:"现在你把给了我的东西又拿走了。"他很想多握一会儿她手上戴着的翡翠和红宝石,据说都是瘦削的拉尔夫·曼瑞萨先生早年穿着破衣烂衫亲手挖出来的。可是,哎呀,落日的余晖对她脸上的脂粉没有丝毫同情心;她的脸看起来像镀上了一层金属薄膜,而不是色彩的深度融合。他放下了她的手;而她则狡黠地对他眨了眨眼睛,似乎在说——可是那句话的结尾被打断了。因为她转过身去,而且贾尔斯向前迈了一步;气象学家预报的微风轻轻吹起了她的裙子;她往前走去,像一个仙女,身体飘浮,身材巨大,后面跟着一群被鲜花链子拴在一起的俘虏。

大家都在后撤,走开,离散;只剩下老先生一个人,伴着熄了火逐渐变冷的灰烬,以及没有了火光的圆木。曼瑞萨太太(可爱的女人,充满感情)在贾尔斯陪伴下离开时,撕裂了布娃娃,让锯末从其心脏一涌而出,这时候有什么词语表达老人心中的坠落感以及血液涌动的感觉呢？

老人发出低沉的喉音，转向右边。他继续跛行，继续蹒跚，因为舞会已经结束。他独自漫步走过那些树。就是在这里，就是在当天早晨，他曾毁坏了那个小男孩的世界。他曾拿着报纸从树后探出头来；那孩子吓哭了。

他走下山谷，走过睡莲池。演员们在脱演出服。他能看见他们都在黑莓丛中。有的穿着背心和裤子，有的在解衣钩，有的在系扣子，有的趴在地上，有的把服装塞进几个廉价的公文包；草地上还有银剑、胡须和绿宝石。拉特鲁布女士穿着上衣和裙子（裙子太短了，因为她的腿很粗壮），费力地整理着圈环裙的波浪形褶子。他必须尊重传统习俗。因此，他停在池边。池水缺乏透明度，因为底部有污泥。

然后，露西来到他身后，问他："难道我们不应该感谢她吗？"她轻轻地拍了拍他的胳膊。

她的宗教使她变得如此缺乏感知能力！宗教那根熏香散出的烟雾蒙蔽了人的心灵。她扫视湖面时竟看不见污泥里有生物在争斗。拉特鲁布女士精神上备感痛苦，因为牧师的解释、演员们的发音错误和粗俗的表演……在这之后，"她不想要我们感谢她，露西。"他粗鲁地说。她就像那条鲤鱼一样（水里有什么东西在动），想要的是污泥里的黑暗，是酒吧间里的一杯加苏打水的威士忌酒，是像顺水流下的蛆虫那样的粗话。

"要感谢演员们，而不是作者，"他说，"或者感谢我们自己——观众。"

他回头往后看去。那位老夫人，那位土生土长的、史前时代的老夫人坐在轮椅里，一个男仆正推着轮椅走开。他推着她走过拱门。现在草坪上空无一人。屋顶的线条，直立的烟囱的线条,在傍晚蓝色的背景下升高了,十分清晰并泛着红色。波因茨宅,那所从视线里抹掉了的房子,又显现出来。他很高兴一切都结束了——那匆忙与慌乱,那胭脂与戒指。他弯下腰,扶起一棵掉了花瓣的牡丹。宁静再次降临。还有理性和被灯光照亮的报纸。……可是他的狗在哪儿呢?被拴在狗房里啦?他很气愤,太阳穴上的小血管因此暴涨起来。他吹起口哨。于是他的狗穿过草坪跑了过来,鼻孔上有一点白沫,它是刚被坎迪什放开的。

露西仍然凝视着睡莲池。她自语:"都游到叶子底下去了。"那些鱼害怕过往的阴影,都逃走了。她凝视着池水。她习惯地抚摸着自己的十字架。可是她的眼睛仍然搜索着池水,寻找着鱼儿。睡莲已经合上花瓣;红睡莲、白睡莲,每朵花都躺在自己的叶片盘子上。天上,空气快速流动;下面,是池水。她站在这两种流体之间,抚摸着十字架。宗教信仰要求她每天清晨必须跪几个小时。她常常为自己游荡的目光捕捉到的快乐景象而陶醉——一缕阳光,一片阴影。现在,水池角上那片锯齿形叶片从轮廓上看很像欧洲。还有别的叶片。她把眼光移到水面,把叶子分别命名为印度、非洲、美国。这些叶片是安全的小岛,光亮而质厚。

"巴特……"她对他说。她本来想问他蜻蜓的事——那蓝线①就坠不下来吗,如果我们这边毁它一下,那边毁它一下的话?可是他已经进了波因茨宅。

随后,水里有什么东西在动;是她最喜欢的扇尾金鱼。金色圆腹雅罗鱼跟在后面。然后她看见银光一闪——竟是那条大鲤

---

① 指蜻蜓,出自英国诗人罗塞蒂(1828—1882)的诗《寂静的中午》中"阳光追逐的枝苗深处,挂着一只蜻蜓,/像天空撒了手的蓝线"。

鱼,它极少游到水面上来。几条鱼儿向前滑行,在水草之间穿来穿去,银色、粉红色、金色,它们溅起水花,一闪而过,混杂在一起。

"我们自己。"她念叨着。她没怎么借助理性的帮助就从灰色的池水里回收了一点信仰的闪光(但愿如此),她的目光跟踪着那些鱼儿;有带斑点的、带条纹的,还有带彩色斑块的;她从这一景象里看到了我们自身的美、力量和荣耀。

鱼儿有信仰,她这样判断。它们相信我们,因为我们从来不捉它们。可是她哥哥会回答:"那是贪婪。""是它们的美!"她争辩说。"是性爱。"他会这样讲。"是谁让性爱容易受美的影响?"她争论说。他耸了耸肩,不知道是谁?为什么?她无言以对,于是回到自己内心对美的看法:美就是善,是任我们漂浮的大海。大多数情况下我们不会受影响,但肯定地说,每条船都会有漏水的时候吧?

他会高举理性的火炬,直到它熄灭在洞穴的黑暗之中。对她自己来说,通过每天清晨跪着祈祷,她维护了自己的观点。每天夜里她都打开窗户,看看天幕下的树叶,然后去睡觉。后来,鸟叫声犹如随意抛出的一根根细带,把她唤醒了。

鱼儿已经游上水面。她没有东西喂它们——连面包渣都没有。"等一等,亲爱的。"她对鱼儿说。她想跑回波因茨宅,找桑兹太太要一块饼干。此时水面上出现了一个阴影。鱼儿一闪就不见了。多让人恼火!那是谁呢?哎呀,是那个她记不住名字的年轻人,不是琼斯,也不是霍奇……

道奇刚才突然离开了曼瑞萨太太。他一直在花园里到处寻找斯威辛太太。现在他可找到她了,可是她却忘了他的名字。

"我叫威廉。"他说。她一听这名字便立刻活跃起来,像一个站在花园玫瑰丛中的白衣少女一样跑过来迎接他——这是一个尚未演过的角色。

"我刚要去拿一块饼干——不,是去感谢演员们。"她结结巴巴地说,像个处女,脸红了起来。然后她想起了她的哥哥。她又说:"我哥哥说,你们不要感谢剧作者拉特鲁布女士。"

她总是说"我的哥哥……我的哥哥",他总会从她的睡莲池深处浮升起来。

至于那些演员呢,哈蒙德已经扯下胡须,正在系上衣的扣子。他把链子塞进扣子之间,然后就走了。

只有拉特鲁布女士留下来,弯着腰在草丛中拿什么东西。

"剧演完了,"威廉说,"演员们都走了。"

"我哥哥说,我们不要感谢剧作者。"斯威辛太太重复道,一面朝拉特鲁布女士的方向看过去。

"那么我就感谢你吧。"他说。他拉起她的手,用力按了一下。根据情况估计,他们两人今后可能不会再见面了。

博尔尼教堂的钟声总会突然停止,引得你发问:不会再响一下了吗?伊莎在草坪上走到半路,她倾听着……叮、当、叮……。不会再响了。教徒们都已集合在教堂里,正跪着呢。仪式刚刚开始。剧演完了;许多燕子飞掠过刚才当舞台的那片草地。

道奇过来了,他是个熟谙唇读法①的人,是她的同类②、她的同谋者,像她一样喜欢探寻人们隐藏起来的真实面目。他急

---

① 通过观察说话人的嘴唇动作了解话意的方法。
② 原文 semblable,出自英国诗人艾略特(1888—1965)在长诗《荒原》中引用的法国诗人波德莱尔(1821—1867)的《恶之花》中的一句诗。

急忙忙去追赶曼瑞萨太太,那位太太已经走在前头,陪伴她的是贾尔斯——"我孩子的爸爸。"伊莎嘟囔道。肉欲朝着伊莎铺天盖地而来,那炽热的、布满神经的肉欲,时而发亮,时而幽暗,像沉重的人体。在治愈那支毒箭造成的铁锈色脓包的情况下,她追寻着自己一整天都在追寻的那张脸。她从人们的后背之间的空隙,从人们的肩膀之上费力地东张西望,终于找到了那个穿灰衣服的男人。他在网球聚会时曾给她拿过一杯茶;有一次递给过她一个网球拍子。仅此而已。可是,她在哭泣,假如我们相识在那条像银棒的鲑鱼跳起来之前……假如我们在那时相识,她在哭泣。先前在谷仓里,当她的小儿子费力地穿过人群走来之时,她曾喃喃地说:"假如这是他的儿子"……她过路的时候随手撕下了长在保育室窗外的苦叶子。那是铁线莲。她撕碎叶片代替词语,因为那里没长着词语,也没长着玫瑰。她飞跑着超过她的那位同谋者、她的同类、那位探寻消失了的面孔的人。"像维纳斯那样,"他想,仓促地翻译,"对待她的猎物……"①并跟着她走去。

一转过弯,道奇就看见了贾尔斯和曼瑞萨太太亲密无间的样子。她站在汽车门旁。贾尔斯一只脚踩着汽车踏板的边缘。他们是否感觉到有许多支箭即将攻击他们呢?

"比尔,跳进来。"曼瑞萨太太开玩笑说。

车轮在沙砾路上跑起来,汽车开走了。

拉特鲁布女士终于可以直起腰来了。她刚才故意多弯了一会儿腰,以免引起人们的注意。钟声已经停止;观众已经走了;

---

① 此典故出自法国戏剧家拉辛的戏剧《费得尔》第一幕第三场。

演员们也走了。她可以挺起腰板了。她可以伸展胳膊了。她可以对全世界说话了。你们已经得到了我的礼物！荣耀感占有了她——但仅仅是一瞬间。可是她赠送的是什么呢？地平线上，一片云彩融入另一片云彩。她的成功在于给予。而这成功逐渐失色了。她的礼物没有任何意义。如果他们看懂了她的寓意，如果他们了解自己扮演的角色，如果演出用的珍珠是真的而且经费不受限制的话——那就会是件更好的礼物了。现在它已加入了其他礼物的行列。

"失败了。"她痛苦地说，一面弯下腰收拾唱片。

随后，许多椋鸟突然袭击了她先前藏身的大树。它们成群地冲击大树，活像许多带翅膀的石块。整棵树伴随着它们疾飞的呼呼声发出哼哼唧唧的声音，似乎每一只鸟都在弹拨一根琴弦。呼呼声、嗡嗡声从那棵充满鸟鸣的、被鸟儿颤动的、被鸟儿遮挡的大树上升腾起来。大树变成了一首狂想曲、一片微颤的不和谐音，一片呼呼声和共鸣的狂喜、树枝、树叶，小鸟用不和谐的声音按着音节歌唱生命、生命、生命，没有节制，没有停顿，简直要把大树给吃了。然后鸟儿飞上天！飞走了！

是什么打扰了它们？是查默斯老太太，她悄然走过草丛，捧着一束鲜花——显然是粉红色的——准备插到她丈夫坟头上的花瓶里去。冬天插的是冬青，或常春藤，夏天插的是一种鲜花。是她吓走了那些椋鸟。现在她走过去了。

拉特鲁布女士把唱片箱的锁头碰上，把沉重的箱子扛上肩头。她穿过台地，停在那棵刚才聚集了许多椋鸟的大树旁边。她就是在这里承受了成功、羞辱、狂喜、绝望——没有任何意义。她的鞋跟已经把草地轧出了一个坑。

天渐渐黑了。由于天上没有云彩添麻烦，蓝色显得更蓝了，绿色显得更绿了。已经看不见风景了——看不见霍格本的怪楼,也看不见博尔尼教堂。只能看见大地,不是什么特别的土地。她放下唱片箱,站在那里看着大地。然后有什么东西浮上表面。

"我应该把他们分成小组,"她喃喃自语,"就在这儿。"那将是子夜时分。将出现两个人的身影,被一块大石头挡住了一半。大幕将要升起。第一句台词将是什么呢?她想不起任何词语。

她又举起了沉重的箱子,扛上肩头。她大步穿过草坪。波因茨宅处于休眠状态;在树木的衬托下,一缕炊烟越变越粗。很奇怪,大地,连同所有那些灿烂的鲜花——睡莲、玫瑰,以及一簇簇白色的花朵和鲜绿的灌木——竟然还是那么硬挺。一股股绿水似乎从大地上涌出来,越涨越高,没过了她的头顶。她离开岸边去远航,并且举起手去摸大铁门的门闩。

她要把箱子从厨房窗户放进屋里,然后接着往上走,去小旅店。她跟那个住她的屋子、花她的钱的女演员闹翻之后,越来越需要喝酒了。还有她对孤独的恐惧。总有一天她会违抗——哪一条村规呢?戒酒律?禁欲律?或者去拿并不属于自己的东西?

在街角,她碰到刚从墓地回来的查默斯老太太。老太太低头看着手中已枯萎的花朵,没有搭理她。那些住在种有红天竺葵的农舍里的女人总是这样。她是个被抛弃的人。大自然不知怎的把她和她的同类区分开了。然而她还是在手稿的边缘草草写下了"我是观众的奴隶"。

她把箱子从炊具室的窗户推了进去,然后继续向前走,在街角处看见酒吧窗户的红窗帘以后才停下来。那里会有遮风避雨的地方,有说话声,有被人遗忘的环境。她转了转酒馆的门把。

欢迎她的是陈啤酒的刺鼻气味,还有人们说话的声音。他们不说了。刚才他们一直在谈论"专横",那是他们给她取的绰号——那没关系。她开始一根接一根地吸烟,并透过烟雾观赏一幅粗糙的玻璃画,看着画上牛棚里的奶牛,也看着公鸡和母鸡。她把玻璃杯举到嘴边,喝起酒来,并且倾听着。一些单音节词落进泥土里。她昏昏欲睡;她不时点着头。泥土变得肥沃了。词语往上升,升得很高,超越了那几头驮着难忍的重负艰难前行的无言的公牛。没有意义的词语——神奇的词语。

廉价的时钟在滴答作响;烟雾遮蔽了那些画。烟雾在她的上牙膛里变得酸涩。烟雾遮蔽了那些烤土豆的土黄色外皮。她看不见它们了,但它们给她滋养,她两臂交叉坐在那里,面前放着酒杯。子夜时分的高地出现了;还有那块大石头;还有两个难以辨认的人影。突然间,许多椋鸟冲击那棵大树。她放下酒杯。她听见了第一句台词。

在下面的洼地里,在那些大树掩映下的波因茨宅,餐厅里的饭桌已经清理干净。坎迪什用半圆形的刷子扫走了面包渣,留下了花瓣;最后只剩下全家人在一起吃甜食。剧演完了,外人都走了,他们全家人单独在一起了。

刚演完的剧仍然悬在心灵的天空——它虽然移动了,逐渐变小了,可还是存在。斯威辛太太一面把紫莓放进白糖里蘸,一面审视那部剧。她把紫莓放进嘴里,然后说:"那历史剧到底是什么意思呢?"她又加了一句:"那些农民、国王、那小丑和(她把吃的东西咽下去)我们自己?"

他们都在审视那部历史剧;有伊莎、贾尔斯和奥利弗先生。当然啦,每个人都看到了不同的方面。在下一个瞬间,这部剧就要坠落到地平线底下,加入他们看过的其他戏剧的行列。奥利弗先生伸出他的方头雪茄烟说:"她想得太高了。"他一边点烟一边补充说,"要知道她的经费有限。"

雪茄烟的烟雾飘散开去,与其他烟雾融合在一起,变得无影无踪。伊莎透过这烟雾不仅看到了历史剧,而且看到了观众离散的情景。有的人开汽车,有的人骑摩托车或自行车。一道院门被猛地打开。一辆汽车飞速驶上车道,朝玉米田里的红色别墅开过去。悬得很低的洋槐枝叶碰到了车顶。洋槐撒下花瓣,汽车到达了目的地。

"那些化妆镜和灌木丛里的说话声,"伊莎喃喃地说,"她到底是什么意思呢?"

"斯特里特菲尔德先生让她解释,她不肯解释。"斯威辛太太说。

此时,贾尔斯给了他妻子一个香蕉,香蕉皮已被剥成四瓣,露出了白色的果肉。她不肯要。他把火柴头摁在碟子里让它熄灭。火柴头遇到紫莓汁发出了轻微的嘶嘶声。

"我们应该表示感谢,"斯威辛太太折着餐巾说,"为今天的天气,它简直太完美了,除了那阵雨以外。"

她站起身来,伊莎跟着她穿过大厅去大房间。

他们总是天不黑透不拉窗帘,天不冷透不关窗户。白天还没结束,为什么要把它关到窗外呢? 花儿仍然鲜艳;鸟儿仍在啁啾。其实你在晚上常常能看见更多的东西,那时候没有干扰,不需要订购鱼,也不需要回电话。斯威辛太太停在一大幅威尼斯风景油画前——是卡纳莱托[①]画派的作品。画中那条凤尾船的

[①] 卡纳莱托(1697—1768),意大利风景画家。对后代风景画家影响很大。

篷盖下很可能有一个小小的人形——是个女人,蒙着面纱,还是个男人?

伊莎很快地把针线活从桌子上挪开,然后坐到窗户旁边的沙发椅上,她深陷进去,两条腿蜷起来放到椅子面上。她身处这个贝壳般的房间里,并不把夏夜放在心上。露西从探索油画意境的远航归来,站在那里一言不发。阳光使她的眼镜的每一块镜片都发出红光。她的黑披巾闪烁着星星点点的银光。一刹那间,她看上去就像另一部话剧里的一个悲剧人物。

随后,她用惯常的声音说起话来。"他刚才说,我们今年得到的捐款比去年多。可是去年下雨了呀。"

"今年、去年、明年、没年……"伊莎喃喃地说。她扶窗台的手在阳光下火烧火燎的。斯威辛太太从桌上拿起自己的毛线活。

"你是不是感受到了他刚才说的:我们虽然扮演不同的角色,但实际上都一样?"她问。

"是。"伊莎回答。"不是。"她补充道。答案是:是,不是,是,是,是,潮汐冲出去拥抱大海。不是,不是,不是,它逐渐缩小。那只旧靴子出现在海滩的砂石上。

"饭渣、油渣和碎片。"她念着那出已消逝的话剧里她尚能记得的台词。

露西张开嘴刚要回答,刚开始抚摸她的小十字架,贾尔斯和巴塞罗缪两位男士就进来了。她欢快地叫了一声表示欢迎。她挪了挪脚,想让出点地方,可是这间屋子实际上很宽敞,有几把带罩的大沙发椅,地方足有富余。

他们两人坐下来,落日的余晖照在他们身上,使他们显得很高贵。他们两人都换了衣服。贾尔斯现在穿着职业阶层穿的黑色上衣,打着白色领带。这身衣服——伊莎低头看看他的脚——需要配一双真皮便鞋。"我们的代表,我们的代言人。"伊莎揶揄地说。然而,他的确英俊出众。"我孩子的爸爸,我又爱又恨的人。"爱与恨——它们是如何在撕扯着她呀!确实该有人创作新的情节了,或者让那位剧作者走出灌木丛……

此时坎迪什进来了。他用银托盘送来了当天第二次投递的邮件。有信,有账单,还有晨报——把昨天从人们的印象中抹去的报纸。巴塞罗缪一把抓过报纸,就像鱼儿浮上水面抢吃饼干渣。贾尔斯撕开一封信的信封盖,很明显这是公文信件。露西在读一封连斜角都写满字的信,是住在斯卡巴勒市的一个老朋友寄来的。伊莎只收到了账单。

日常生活中的各种声音回荡在这间贝壳般的房间里。桑兹在生火;坎迪什在捅锅炉。伊莎已经看完了账单。她坐在贝壳般的房间里,看着历史剧的场景逐渐消失。花儿在凋谢之前依然闪光。她看着它们闪光。

报纸啪啪地响。钟表的秒针急促地走。达拉第先生已经稳定了法郎币值。那个姑娘曾跟大兵们一起嬉闹。她尖声地叫喊。她打了他……后来怎么样啦?

伊莎再看那些花朵的时候,它们已经凋谢了。

巴塞罗缪啪的一声打开了阅读台灯。灯光照亮了这几个围坐在一起的、盯着白色报纸的读者。外面被阳光烘烤过的低洼田野里,蟋蟀、蚂蚁和甲壳虫聚集在一起,它们滚动着阳光烘烤过的小土块,爬过收割后留有残株的田地,那些残株闪着亮光。在阳光烘烤过的田地上,在那个玫瑰色的角落里,巴塞罗缪、贾尔斯和露西把黄油涂在面包上,一点点地咬,把面包掰成小块。伊莎注视着他们。

后来报纸垂了下来。

"看完了吗?"贾尔斯说,一面去拿父亲手中的报纸。

老人的手松开了报纸。他懒洋洋地靠在椅子上,一只手抚摸着爱犬,摸着它脖子上靠近项圈处的波浪状皮毛。

时钟滴答滴答地响。整个房子发出轻微的啪啪声,好像很脆,很干燥。伊莎搭在窗台上的手突然感觉到冷。阴影已经掩盖了花园。玫瑰花也准备过夜了。

斯威辛太太一边折着信,一边小声对伊莎说:"我刚才往屋里探了探头,看看孩子们,他们睡得很香,就在纸玫瑰的下边。"

"那是庆祝加冕典礼时剩下的。"巴塞罗缪嘟囔着,半睡半醒的样子。

"可是我们本来用不着费那么多事布置屋子的,"露西补充说,"因为今年典礼时没下雨。"

"今年、去年、明年、每年。"伊莎喃喃自语。

"锡匠、缝匠、士兵、水兵。"巴塞罗缪应声说。他是在说梦话。

露西把信塞进信封。读书的时间到了,该读她的《世界史纲》了。可是她想不起来上次读到哪里。她翻着书页,看着插图——猛犸象、乳齿象、史前鸟类。然后她找到了上次没读完的那一页。

黑暗愈加浓重。微风在房间里回荡。斯威辛太太打了个冷战,赶忙把带光片的披巾拉上肩膀。她看书看得太入神了,没顾得上叫人关窗户。她正在读:"那时候英格兰是一片沼泽。浓密的森林覆盖着大地。在纵横交错的树枝上,有鸟儿歌唱……"

敞开的窗户形成了一个大方框,现在它展现的只有一方天空。天空的光线已被剥夺殆尽,显得很严峻,像冰冷的石头。阴影降临了。阴影悄悄爬上巴塞罗缪的高额头,又爬上他的大鼻子。他看上去单薄瘦削,像个幽灵;他的椅子显得巨大无比。他的皮肤抖动着,像一只狗抖动皮毛。他站起来,振作精神,瞪大眼睛,谁都不看,径直大步走出了房间。他们听见他的狗跟着他轻快地跑过地毯的声音。

露西很快地翻过一页,有一种做错事的感觉,就像一个孩子还没读完这一章就会被大人叫去睡觉似的。

"史前人类,"她读道,"是半人半猿,从半爬行的地位直立起来,举起了巨大的石头。"

她把那封从斯卡巴勒来的信夹进书页里,权当书签,标明这一章的结尾,然后站起身来,微微一笑,没有说话,蹑手蹑脚地走出了房间。

两位老人已经上楼睡觉了。贾尔斯把报纸攥成一团,熄了灯。一整天了,他和妻子还是第一次单独在一起,他们都没有说话。在他们两人独处的时候,敌意显露出来,爱意也显露出来。睡觉之前,他们一定要打架;打过架以后,他们会拥抱。从那拥抱之中也许会诞生另一个生命。可是他们首先必须打架,就像公狐狸与母狐狸打架一样,在这黑暗的中心,在这夜幕下的田野里。

伊莎听任她的针线活掉到地下。那些有罩的大沙发椅变得巨大无比。贾尔斯也变得巨大无比。背靠着窗户的伊莎也变得巨大无比。从窗户看到的全是天空,没有任何色彩。波因茨宅已经失去了荫蔽功能。这是世界上还没有修路盖房时的夜晚。这是穴居先民从某个高地的巨石之中审视世界的夜晚。

然后大幕升起来了。他们说话了。